무림오적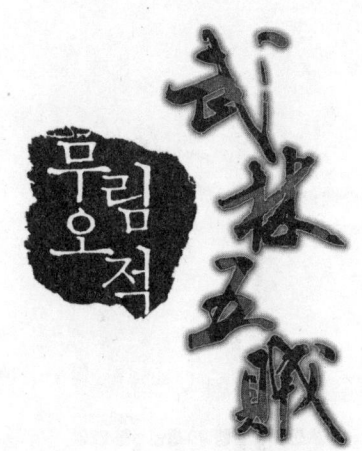

무림오적 54

초판 1쇄 발행 2023년 5월 22일

지은이 ｜ 백야
발행인 ｜ 최원영
편집장 ｜ 이호준
편집부 ｜ 송영규 최종건 정재웅 양동훈 곽원호 조정범 강준석 최성화
편집디자인 ｜ 한방울
영업 ｜ 김민원

펴낸곳 ｜ ㈜디앤씨미디어
등록 ｜ 2002년 4월 25일 제20-260호
주소 ｜ 서울시 구로구 디지털로 26길 111 JnK디지털타워 503호
전화 ｜ 02-333-2513(대표)
팩시밀리 ｜ 02-333-2514
E-mail ｜ papy_dnc@dncmedia.co.kr
블로그 ｜ blog.naver.com/gnpdl7

ISBN 978-89-267-1887-2 04810
ISBN 978-89-267-3458-2 (SET)

※ 저자와 협의하여 인지는 붙이지 않습니다.
※ 이 책은 ㈜디앤씨미디어(파피루스)가 저작권자와의 계약에 따라 발행한 것으로 본사와 저자의 허락 없이는 어떠한 형태나 수단으로도 내용을 이용할 수 없습니다.

1장 화군악, 정소흔을 사부로 모시다 7

2장 담호, 강호로 나가다 45

3장 강만리, 빙궁을 나서다 77

4장 담호, 강호오괴와 내기하다 107

5장 담호, 저귀와 해후(邂逅)하다 139

6장 강만리, 호랑이를 잡다 169

7장 강만리, 무두르를 만나다 199

8장 담호, 북경부에 당도하다 227

9장 담호, 소영을 만나다 257

10장 담호, 경천회(驚天會)와 싸우다 287

1장.
화군악, 정소흔을 사부로 모시다

어느 한쪽으로 기운 건 결코 제대로 된 부부가 아니었다.
어느 한쪽이 과한 사랑을 받고 있다 싶으면
역시 상대에게 과한 사랑을 주면 되는 것이었다.
무작정 보호받고 사랑받고 받들어 모셔지고자 한다면,
그건 부부의 연이 아니라 주인과 하인 혹은 주인과 하녀의 삶을 원하는 것이었다.

화군악, 정소흔을 사부로 모시다

1. 첫째 부인

마비산에 취해서 죽은 듯 잠들었던 장예추가 깨어난 건 이틀이 지나서였다.

"모용 소저······."

눈을 뜨자마자 장예추는 주위를 둘러보며 그녀를 찾았다. 하지만 그를 반긴 건 구자욱이었다.

"일어나셨습니까?"

구자욱은 곧바로 장예추의 맥을 짚고 눈을 까뒤집어 보고, 또 심장의 박동을 확인했다. 그러고는 고개를 끄덕이며 활짝 웃는 낯으로 말했다.

"상세가 많이 좋아졌습니다. 이제 걱정하지 않으셔도

될 것 같아요."

"처음부터 걱정은 하지 않았소. 어쨌든 돌봐 주셔서 감사하오. 그런데 모용 소저는?"

"아, 둘째 부인께서는 별채에 계십니다. 부서진 문과 창을 수리하는 일을 지휘하고 계시죠. 밖에 첫째 부인이 와 계시는데 부를까요?"

"아, 그래 주시겠소?"

그렇게 말한 장예추는 갑자기 옆구리가 크게 당겨서 저도 모르게 눈살을 찌푸렸다. 상세가 좋아졌다고는 하지만 옆구리 살점이 움푹 파일 정도의 중상이었다. 최소한 보름 이상은 자리에서 일어나지도 못할 상황이었다.

밖으로 나간 구자육이 당혜혜를 데리고 돌아왔다. 장예추가 눈짓을 주자 구자육은 헛기침을 하며 "그럼 일이 있어서." 하고 밖으로 나갔다.

문이 닫히자 당혜혜가 그에게로 다가와 그새 홀쭉해진 뺨을 쓰다듬으며 물었다.

"아파요, 많이?"

장예추는 애써 웃으며 말했다.

"걱정하게 해서 미안해."

"알면 됐어요. 두 번 다시 이런 걱정하게 만들지 마세요."

"그러지."

장예추는 느닷없이 휘몰아치는 통증에 잠시 눈을 감았다가 뜨며 입을 열었다.

"모용 소저는?"

문득 당혜혜의 표정이 싸늘해졌다.

"별채를 수리하고 있어요."

"그녀가 왜?"

"벌이에요."

"음? 벌이라니, 무슨?"

"지아비와 함께 있으면서도 제대로 지키지 못하고 이렇게 지아비를 다치게 한 벌이죠."

"으음. 그건……."

장예추는 잠시 생각하다가 입을 열었다.

"그건 그녀의 잘못이 아니야."

"이건 당신이 관여할 일이 아니에요."

당혜혜의 단호한 말에 장예추는 저도 모르게 움찔거렸다. 그녀는 서늘하고 냉정한 눈빛으로 그를 내려다보며 말했다.

"이야기 다 들었어요. 당신이 그들과 싸우는 동안 그녀는 여전히 침상에 누워 있었다고 말이에요."

"아, 그건 그러니까……."

"당신이 충분히 피할 수 있었는데 침상에 누워 있던 그녀를 지키느라 피하지 않았다는 것도요."

"그게 아니라…….."

"왜 부부(夫婦)인데요? 마냥 지켜지고, 마냥 보호받기 위해서 혼인한다고 생각하세요? 그건 아니거든요. 내가 보호받는 만큼 상대를 지켜 줘야 하는 게 부부라는 거라고요. 그저 한없이 받들어지고 보호받고 사랑만 받으려면 온실 속의 화초가 되어야지, 부부가 되면 안 된다고요."

"으음."

"그만큼 내게 질책을 받았으니 아마 그녀도 이번에 많이 깨달았을 거예요. 그리고 앞으로는 두 번 다시 이런 일이 발생하지 않도록 노력할 거고요. 그러니 당신은 괜히 그녀를 위로하거나 감싸 줄 생각은 하지 마세요."

장예추는 대답할 수가 없었다.

당혜혜의 단호한 모습을 보면서 이제야 비로소 두 아내를 둔 사내의 삶이 어떠한 것인지 실감할 수 있게 되었다.

물론 그녀의 말이 틀리지는 않았다.

어느 한쪽으로 기운 건 결코 제대로 된 부부가 아니었다. 어느 한쪽이 과한 사랑을 받고 있다 싶으면 역시 상대에게 과한 사랑을 주면 되는 것이었다. 무작정 보호받고 사랑받고 받들어 모셔지고자 한다면, 그건 부부의 연이 아니라 주인과 하인, 혹은 주인과 하녀의 삶을 원하는 것이었다.

하지만 그럼에도 불구하고 당혜혜의 처사는 가혹하다 할 수 있었다. 어쨌든 첫날밤이었다. 생전 처음 받아들이는 사내의 물건으로 인해 정신이 어지럽고 혼란하고 기절할 것 같은 상황에서 신랑의 안위까지 지켜야 한다는 건 아무리 생각해도 무리였다.

"하지만 나는 무리가 아니었거든요."

당혜혜가 입술을 깨물며 낮은 목소리로 말했다.

"음?"

장예추의 눈이 휘둥그레졌다.

뒤늦게 생각이 난 게다. 비록 첫날밤까지는 아니었지만 혼인하고 둘째 날, 장예추와 당혜혜 역시 암습을 당하지 않았던가. 당시 당혜혜는 미리 준비한 당문의 극독과 환상의 비약으로 암습자들을 환각에 빠뜨리고 모조리 죽였다.

그랬다. 확실히 당혜혜에게는 신랑의 안위를 지키는 게 전혀 무리가 아니었다.

"으음."

장예추는 그제야 비로소 왜 이토록 당혜혜가 화가 나 있는지 알 것 같았다. 그건 첫째 부인과 둘째 부인의 알력 다툼 같은 게 전혀 아니었다.

그저 당혜혜가 할 수 있었던 일을 모용현아가 하지 못

한 것이 마냥 분하고 화가 났던 것이었다. 미리 모용현아에게 조언해 주고 당부하지 못했던 자신에게도 말이다.

 어쩌면 첫째 부인이랍시고 유세를 떤다는 소리를 들을까 봐, 혹은 질투나 시샘, 강샘으로 보일까 봐 지나치게 말을 아끼고 관심을 멀리한 자신의 실수로 인해 장예추가 이런 중상을 입은 게 아닐까 생각하고 있는지도 몰랐다.

 장예추는 천천히 손을 내밀어 살포시 그녀의 손을 쥐었다. 그제야 그 강인하고 표독하고 옹골차기만 하던 당혜혜의 커다란 두 눈에서 또르르 눈물이 떨어져 흘렀다.

 "고마워."

 장예추는 진심으로 말했다.

 "그리고 앞으로도 잘 부탁해. 그녀는 물론 내 안위까지도."

 "물론이죠."

 당혜혜는 씩씩하게 말했다.

 "내가 첫째 부인이니까요."

* * *

 "무슨 생각을 그리 골똘히 하세요?"

 정소흔이 다가와 화군악의 어깨를 주무르며 물었다.

"소군은?"

"막 잠들었어요. 요즘 얼마나 생떼가 늘었는지, 끝까지 안 자려고 버티지 뭐예요? 그렇게 두 눈 가득 잠기운을 달고서 말이에요."

조금 전 소군과 함께 목욕해서였을까. 정소흔의 몸에서는 향기가 흘렀다. 화군악은 뒤로 팔을 돌려 그녀의 허리를 감싸며 말했다.

"예추를 보니까 말이야. 천하제일 고수라도 결국에는 누군가의 칼에 의해 목숨을 잃겠지?"

"당연하죠."

정소흔은 화군악의 팔을 풀고는 앞으로 와서 그의 무릎 위에 앉았다. 그러고는 다시 그의 목을 가볍게 끌어안으며 소곤거리듯 말했다.

"저 금강철마존도 결국에는 패했으니까요."

"역시 그렇지? 지금 이 상황에서 만족하는 건 확실히 우스운 일이겠지?"

"당신이요?"

"그래, 나 말이야. 지금보다 몇 배는 더 강해져야만 당신이나 소군을 지켜 줄 수 있을 것 같아서."

그의 말이 기특하다고 느껴졌을까. 정소흔은 미소를 지으며 그의 이마에 입을 맞췄다. 그러고는 한없이 사랑스러운 눈빛으로 그를 바라보며 소곤거렸다.

"오늘 밤 어때요?"

"오늘 밤?"

화군악은 살짝 당황해하며 화제를 돌렸다.

"그러니까 지금보다 내가 더 강해지기 위해서는 반드시 당신의 도움이 필요해."

"뭔데요? 말해 보세요. 내가 할 수 있는 일이라면 무엇이든 다해 드릴 테니까요."

"그럼 내게……."

화군악은 마른침을 꿀꺽 삼키고는 말했다.

"무당파의 심법을 전수해 줘."

일순 정소흔의 입가에서 미소가 사라졌다. 그녀의 표정이 근엄하고 차가워졌다. 화군악은 저도 모르게 고개를 살짝 숙이고 그녀의 눈치를 살폈다.

정소흔은 그의 무릎에서 일어나 맞은편 자리로 돌아가 앉았다.

"그거 입에 올리지 않는다고 맹세하지 않았던가요?"

"아, 물론 그랬지. 내가 무당파 무공을 탐낸다면 둘도 없는 후레자식이라고 말이야."

화군악은 다급한 표정을 지으며 말을 이었다.

"하지만 당신도 알잖아, 내가 태극혜검을 깨우쳤다는 걸 말이야."

정소흔의 얼굴이 굳어졌다.

처음에는 화군악이 숨겼다. 그리고 화군악이 자랑스레 밝혔을 때는 이번에는 그녀가 믿지 않았다. 화군악이 몇 번이고 태극혜검의 정수를 보여 준 후에도 쉽게 믿지 못했다.

무당파의 장삼봉 이후 수백 년 동안 태극혜검을 터득한 이는 불과 세 명도 되지 않았다. 그런 절전(絶傳)의 절기를 화군악 같은 망나니가 깨우쳤다는 건 도저히 믿을 수가 없는 일이었다.

화군악은 계속해서 말을 이어 나갔다.

"태극혜검을 익혔다는 건 즉 내가 장 진인의 진전을 이어받았다는 의미가 되고, 다시 말해서 장 진인의 유일한 직계 전인(傳人)이라는 거지, 바로 내가 말이야."

정소흔은 무표정한 얼굴로 가만히 화군악을 바라보다가 고개를 설레설레 저으며 한숨을 내쉬었다.

"하늘도 무심하시지. 어쩌자고 우리 남편 같은 사람에게 그런 기연을 주셨는지."

"그건 또 무슨 소리야? 우리 남편 같은 사람이라니? 설마 당신도 강 형님처럼 나를 무시하는 거야?"

"설마요. 단지 당신이 아버님 앞에서 '내가 무당파 무공을 익힌다면 바로 그 자리에서 심맥을 절단하겠다'고 큰소리쳤을 때, 그때 이미 태극혜검을 익히고 있었잖아요?"

"뭐, 그건 그렇지."

"그 말은 태극혜검은 무당파 무공이 아니라는 거죠? 아니면 심맥을 절단해야 하는데요?"

"아니지. 그때 그 말은 '앞으로 익히지 않겠다'라는 뜻이었어. '앞으로'라는 말이 빠져 있었을 뿐이야."

"그럼 계속해서 무당파 무공을 익히지 않아야 하지 않나요? 당신이 천하의 거짓말쟁이가 되지 않으려면 말이에요."

"아니, 사실 나는 천하의 거짓말쟁이야."

"그래요. 이러니까 가끔씩 당신이 진저리가 나도록 싫어진다니까."

정소흔은 고개를 흔들며 냉정하게 말했다.

"무당파 무공, 특히 심법은 문외부전(門外不傳), 비인부전(非人不傳)이에요. 아무리 남편이라 할지라도 무당파 사람이 아닌 이상 결코 전수할 수 없어요."

그때였다.

화군악이 벌떡 자리에서 일어났다. 그러고는 정소흔 앞으로 다가가더니 털썩! 소리 나게 무릎을 꿇고 엎드렸다.

정소흔이 깜짝 놀라 그를 부축하려 했다.

"이게 무슨 행동이에요! 아내에게 무릎을 꿇는 가장(家長)이 어디 있어요? 얼른 일어나요!"

화군악은 천 근 바위처럼 버티며 고개를 숙인 채 말했다.

"아닙니다, 사부."

"사부요?"

정소흔의 눈이 휘둥그레졌다.

"네, 사부. 오늘 이날 이후로 당신은 내 마누라이기 전에 내 사부입니다. 앞으로 당신을 사부로 모시겠습니다."

"하아."

정소흔은 어이가 없다는 듯 한숨을 내쉬었다.

문외부전이라고 했더니 아예 자신을 사부로 모시겠다는 남편이었다. 아무리 세상이 좋아지고 아내의 신분이 높아졌다고는 하지만, 이렇게 제 아내 앞에서 무릎을 꿇는 남편은 천하에 찾기 힘들었다.

사실 사내라는 족속은 남편이라는, 사내라는 특유의 허세와 자존심과 체면상 아무리 잘못을 저질렀다고 하더라도 이렇게 제 아내 앞에서 무릎을 꿇는 일은 없었다.

그건 여자라는 족속들이 아무리 잘못을 저질러도 쉽게 인정하고 사과하려 들지 않는 것과 비슷한 경우였다.

그런데 이 화군악이라는 작자는 그런 자존심, 체면 따위는 전혀 개의치 않았다. 자신에게 이득이 된다 싶으면 무릎 따위는 언제든지 개에게라도 줄 수 있었다.

명목뿐인, 허울뿐인 자존심과 체면은 얼마든지 버릴 수 있었다. 중요한 건 실리였고 눈에 보이는 이익이었다.

지금도 그랬다. 무당파의 심법을 익히기 위해서 화군악

은 자신의 마누라 앞에 오체복지(五體伏地)를 하면서도 전혀 부끄러워하거나 창피한 모습이 아니었다. 외려 그는 진심이 담긴 목소리로 정소흔을 향해 소리치듯 말하고 있었다.

"앞으로 당신을 내 첫째 사부, 둘째 사부와 똑같이 모시겠습니다. 수발은 물론 평생 봉양하겠습니다. 그러니 부디 제자로 삼아 주시기 바랍니다."

"하아."

정소흔의 아름다운 입술 사이로, 한심하기 그지없는 남편을 향한 한숨이 연기처럼 흘러나왔다.

2. 심법은 무공과 궤를 같이한다

애당초 사랑하던 사이가 아니었다. 정상적으로 만나서 교류하고 사귄 사이도 아니었다.

아니, 무당파라는 명문 거대 정파의 장문인 딸로 태어나 올곧이 정도(正道)를 걸으며 사마외도(邪魔外道)의 악적(惡賊)들과 싸웠던 그녀에게 있어서, 화군악은 반드시 물리쳐야 할 흑도(黑道) 무리 중 하나였다.

무엇보다 화군악과 첫 관계를 맺은 것도 거의 강간에 가까운, 결코 그녀가 원해서 이뤄진 게 아니었다.

또한 시간이 흘러 해가 바뀌고 꽃 만발한 오월의 어느 날, 화군악과 두 번째 맺은 관계에서 딸 소군을 잉태한 것 역시 예정에 없던 일이었다.

화군악은 바람과도 같아서 어느 날 갑자기 나타나 마음껏 그녀를 희롱하고 농락한 후 또다시 훌쩍 떠나기를 반복했다. 그 와중에 그녀의 배에 들어선 소군은 점점 성장했으며 결국 그녀의 부모까지 알게 되었다.

정소흔은 임신한 아이를 지키기 위해서 평생 순종했던 부모를 거역하고 그들과 싸웠다.

그건 한없이 외로운 싸움이었다. 누구 하나 그녀의 편을 들어 주는 이가 없었고, 또 그 누구에게도 속 시원하게 사정을 이야기할 수도 없었으니까.

그러던 어느 날 강만리가 역시 바람처럼 무당산에 나타나서 그녀를 위해 그녀의 부친, 무당파 장문인과 진검승부를 겨뤘다.

정소흔은 그때 처음으로 화군악을 좋아하게 되었고, 그를 지아비로 섬기며 평생을 그와 함께 지낼 각오를 다지게 되었다.

자식 이기는 부모 없다고 했던가.

결국 무당파 장문인은 정소흔의 고집을 꺾지 못하고 그녀를 화군악에게로 보냈다. 그때 장문인은 그 어느 때보다도 진지하고 준엄한 표정을 지으며 그녀를 파문(破門)

한 다음, 이렇게 말했다.

―비인부전, 문외부전을 잊지 말거라.

정소흔은 그게 부친의 애정임을 익히 알고 있었다. 모름지기 파문이란, 사제의 의리를 끊고 문하(門下)에서 내쫓는 것으로 그냥 내쫓기만 하는 게 아니었다.
사문(師門)에서 익힌 내공과 배운 무공을 모두 회수해서 사문의 무공으로 나쁜 짓을 할 수 없도록 만드는데, 폐맥점혈(廢脈點穴)의 수법이나 단전(丹田)을 파괴하거나 심지어는 근맥(筋脈)을 잘라서 거동조차 하지 못하게 만든다.
그런 일반적인 파문에 비춰 보자면 정소흔의 파문은 파문도 아닌 셈이었다. 그리고 그건 딸을 위한 부친의 마지막 배려이기도 했다.
정소흔은 그 마지막 배려를 잊지 않았다. 비록 상황이 급할 때야 어쩔 도리가 없겠지만 어쨌든 평소 무당파의 무공만큼은 사용하지 않으려 노력했다.
그런 정소흔이었으니 화군악이 태극혜검을 익혔다는 걸 알게 되었을 때의 충격은 이루 말할 수가 없었다.
무애암의 흔적이 하나의 검법이 아니라 장삼봉 진인이 평생을 걸쳐 이룩했던 모든 검법의 총화(總和)였다는 사실도 그때 처음 알았다.

하기야 그렇게 수십 가지의 검법의 흔적이 실타래처럼 얽혀 있었으니, 무당파의 수백 년 역사를 통해 태극혜검을 깨우친 자가 세 명도 채 되지 않을 수밖에.

어쨌든 정소흔은 자신의 남편이 무당파 최고 절학인 태극혜검을 깨우쳤다는 걸 알고서도 그걸 탐하거나 배우려 하지 않았다. 그녀는 이미 무당파의 여도사가 아닌, 화평장의 안주인 중 한 명이었기 때문이었다.

그녀는 태극혜검을 탐내기보다는 외려 나찰염요에게 새롭게 무공을 배우고 당혜혜와 더불어 새로운 기관진법을 연구하면서, 기존에 물들어 있던 무당파의 색에서 벗어나려고 했다.

그런데 그런 아내의 마음도 알아주지 못한 채 느닷없이, 이렇게 그녀 앞에서 오체투지를 하고 제자로 삼아 달라는 남편인 게다. 그 모습이 너무나 꼴 보기 싫었고 미웠고 짜증이 났다.

"됐어요. 아무리 애원해도 소용없어요. 애당초 나 자체가 더는 무당파 사람이 아니니까요."

정소흔은 그렇게 말한 후 아예 방을 빠져나갔다. 오체복지한 채 홀로 남게 된 화군악은 머쓱한 표정을 지으며 자리에서 일어났다. 그는 무릎을 털며 투덜거렸다.

"쳇, 이게 안 통하네."

화군악은 한 점의 수치나 부끄러움 없는 표정으로 차탁에 앉아 식은 차를 마시며 중얼거렸다.

"뭔가 다른 방법으로 공략해야겠구나. 반응을 보아하니 평범한 방법은 전혀 통하지 않을 것 같네."

차는 식었지만 아직도 깊은 향이 남아 있었다. 부드럽고 씁쓸하면서도 끝맛이 달콤한 게, 무당파 특유의 차를 끓이는 방식에서만 느낄 수 있는 맛이었다.

"흠, 이왕이면 무당파 심법 중에서도 최고의 심법을 익히고 싶은데."

모든 문파의 심법은 난해하고 심오한 구결로 이뤄져 있어서 쉽게 배우고 익힐 수가 없었다. 그래서 각 문파에는 문하생들이 쉽게 깨우칠 수 있도록 심법의 종류를 세분화하여 각각의 수준에 맞게 익히도록 하였다.

그래서 무당파의 경우에는 소청심법이니 태청심법이니 태극심법이니 십단금이니, 대라심법이니 등등의 심법을 만들었고, 또 그 심법에 맞춰서 수련하고 소화할 수 있는 검법들을 함께 맞췄다.

또 능력과 필요에 따라서 양의심법이니 태을청령심법이니 하는 심법들을 스스로 창안하기도 했다.

어쨌든 '심법은 무공과 궤를 같이한다'는 그런 의미에서 보자면 태극혜검과 가장 잘 어울리는 심법은 역시 무당파 최고의 심법인 대라심법이었다.

적어도 화군악은 그렇게 생각했다.

화군악은 찻물로 입안을 헹구듯 오물거리다가 꿀꺽 삼킨 후 계속해서 중얼거렸다.

"그나저나 남편이 강해지는 게 자신이나 소군을 위하는 일이라는 걸 왜 모르는 걸까? 설마 나만 잘되기 위해서 심법을 배우려 든다고 생각하는 건 아니겠지?"

화군악은 자신의 진심을 몰라 주는 마누라가 답답했다.

하지만 예서 물러설 그가 아니었다. 어떻게 하든 그녀를 설득하여 대라심법, 혹은 그에 버금가는 상승심법을 익힐 작정이었다.

그것이 지금 답보 상태에 머물러 있는 태극혜검의 경지를 높이고 더욱 강화시킬 유일한 방법이었으니까. 또한 앞으로 계속해서 튀어나올 무림의 괴수, 괴물들과의 대결에 있어서 최후의 보루가 될 테니까.

* * *

해가 바뀌면서 담호는 더욱 바빠졌다.

그가 초보자들에게 무공을 잘 가르쳐 준다는 소문이 났는지, 어느 날 갑자기 빙궁 사람들이 우르르 몰려와 자신들의 자식들도 훈련을 시켜달라고 애원하기 시작했다.

담호는 기존에 동생 담창과 초목아 그리고 아라를 가르치던 참이었다. 그때라면 다른 아이들이 함께해도 괜찮지 않을까 싶어서 담호는 별생각 없이 고개를 끄덕였다. 그게 패착(敗着)이었다.

 아이들은 세 살에서 열두 살까지, 사내와 계집 가릴 것 없이 무려 백여 명이 넘게 몰려들었다.

 아이들 백여 명, 그것도 아직 예의범절이 무엇인지 모르는 백여 명의 꼬마들이 한자리에 모여 있는 모습은 그야말로 장관이었다.

 그 아이들은 시도 때도 없이 울고 소리치고 싸우고 고함을 지르고 엄마를 찾고 도망치고 떼를 쓰고 눈싸움을 벌이고 쓸데없는 걸 묻고 아라의 젖무덤을 빤히 쳐다보거나 엉덩이를 만진 다음 도망치고 또 못된 노래들을 만들어서 아라와 초목아를 욕보이기까지 했다.

 참관하듯, 혹은 자신의 아이에게 응원하듯 몰려나와 있던 부모들은 제 아이들이 뭔가 한마디 하거나 한 번 크게 움직일 때마다 손뼉을 치고 환호했다. 그럴 때마다 아이들은 더욱 으쓱해져서 훨씬 더 크고 과격한 장난을 시도했다.

 목이 쉬어라 아이들을 불러 모으던 담호는 결국 포기하고 한숨을 내쉬었다. 벌써 보름 가까이 이런 상황이다 보니 몸과 마음 모두 지칠 대로 지치게 된 것이다.

그때 초목아가 그의 곁으로 다가와 소곤거렸다.
"내가 정리해 줄까?"
"어떻게?"
"그야 다 방법이 있지. 어때, 이 누나에게 도움을 청해 볼 생각이 있으려나?"
초목아는 어깨를 으쓱거리며 말했다. 담호는 길게 한숨을 쉬고는 고개를 숙이며 말했다.
"부탁드려요, 누나."
"좋아. 잘했어."
초목아는 자신보다 한 뼘은 훌쩍 큰 담호의 어깨를 두드리며 말했다.
"누나는 언제든지 네 편이니 뭐든 필요하면 말해. 다 도와줄게."
"고마워요."
초목아는 담호의 인사를 뒤로하고는 아이들을 둘러보다가 갑자기 크고 앙칼진 목소리로 외쳤다.
"누가 대장이니?"
부모들의 보이지 않는 비호 아래에서 마음껏 날뛰던 아이들이 움찔거리며 그녀를 돌아보았다. 초목아가 다시 웃으며 크게 소리쳤다.
"여기에서 누가 대장이니?"
아이들, 특히 사내아이들의 눈빛이 달라졌다. 서너 살

혹은 대여섯 살 꼬마들을 제외한, 대장이 무슨 뜻인지 우두머리가 뭘 하는 사람인지 알고 있는 아이들은 서로를 둘러보며 견제하듯 노려보았다.

아이들이 쉽사리 대답하지 못하자 초목아는 그중 가장 성격이 거칠고 사내처럼 뛰놀던 여자아이를 지목하며 물었다.

"여기에서 너보다 강한 사내아이가 누구니?"

"없어요. 내가 가장 강해요!"

그 여자아이가 우쭐거리며 말했다. 사내아이들이 일제히 "우우!" 하며 소리쳤다.

여자아이가 두 손을 허리에 올리며 쏘아보자 동갑내기들로 보이는 사내들이 다들 황급히 고개를 돌렸다. 아무래도 그 여자아이의 말이 거짓은 아닌 모양이었다.

"얘. 네 이름이 뭐니?"

"동동(凍凍)이요."

"나이는?"

"아홉 살이에요."

"아홉 살인데 열두 살 오빠들도 다 이겨?"

"네. 내가 제일 강해요."

"호오, 좋아."

초목아는 싱글거리며 아이들을 돌아보았다.

"그럼 이제부터 동동이 대장이야!"

그녀가 힘차게 외쳤다.

"이곳에 있는 아이들은 모두 동동 말을 들어야 하는 거야! 만약 동동 말을 듣지 않는 아이가 있다면 바로 내쫓을 거야! 다들 알겠지?"

"네!"

그 말이 무슨 의미인지 모르는 채 신나서 대답하는 서너 살배기 어린 꼬마들을 제외하고 누구 하나 대답하는 이가 없었다.

초목아는 다시 크게 외쳤다.

"하지만 동동 혼자서 이 많은 아이들을 관리할 수 없겠지? 그래서 동동을 도와줄 부대장 서너 명을 뽑을 생각인데, 부대장이 하고 싶은 사람?"

아이들, 특히 동동 또래 혹은 그보다 나이가 많은 아이들은 서로 눈치를 봤다. 하지만 예닐곱 살 아이들이 일제히 손을 들며 "저요!", "나요!" 하고 소리치기 시작하자 그들 또한 다급한 표정으로 손을 높이 들었다.

"저요! 제가 동동 다음으로 세요!"

"저요! 제가 아이들을 잘 다뤄요!"

아이들은 저마다의 이유를 내세우며 자신이 부대장이 되어야 한다고 소리쳤다. 초목아는 잠시 아이들을 둘러보다가 동동을 내려다보며 물었다.

"너는 누가 좋겠니?"

"나는요……."

"아, 그 전에 하나만 잘 생각하렴. 이건 네가 대장이 되어서 첫 번째 하는 일이거든. 친하다고 말 잘 듣는다고 귀엽다고 혹은 잘생겼다고 뽑으면 안 되는 거야. 누가 너와 함께 아이들을 잘 다루고 잘 보살필 수 있는지, 그게 제일 중요한 거니까. 잘 알겠니?"

초목아는 최대한 동동의 나이에 맞춰서 설명하고자 했다. 동동은 당연하다는 듯 콧바람을 내며 말했다.

"누굴 어린아이로 보세요? 공사(公私)는 구분되어야 하고 정(情)에 휘둘리면 안 된다는 것 정도는 잘 알고 있다고요."

"헤에, 그래?"

"물론이죠."

동동은 어깨를 으쓱거리고는 아이들을 보지도 않은 채 빠르게 소곤거렸다.

"우선 마투를 뽑아야 하고요. 어쩌면 나보다 강할지도 모르는데 싸우는 걸 싫어해서 앞으로 나서지 않아요. 하지만 그가 한마디 하면 아이들 모두 싸움을 멈춰요. 그리고 전종(田琮)도 좋고, 보명(甫明)도 좋아요. 둘 다 아이들을 이끄는 재주가 있는 아이들이거든요. 아, 여자애들은 솔직히 나보다 명명(明明)을 더 잘 따르고요."

초목아의 눈이 휘둥그레졌다. 그녀는 동동의 손을 잡고

기뻐하며 말했다.

"어머나. 너는 이미 준비된 대장이었구나? 그래. 그럼 네 말대로 하자꾸나."

초목아는 곧 네 명의 이름을 차례로 불렀다. 호명된 아이들이 으쓱거리며 초목아의 손짓에 따라 앞으로 걸어 나왔다.

초목아는 그들 네 명을 부대장으로 삼은 후, 다시 부대장들이 직접 자신을 도와줄 소대장을 선출하도록 했다. 그리고 그 소대장의 수에 따라 다섯 명에서 일곱 명 정도의 소대가 정해졌다.

"그럼 다들 알겠지? 소대장은 소대원들을 보살피고 지켜 줘야 한다? 그리고 부대장은 자신의 소대장들이 힘들어하지 않도록 지켜봐야 하고, 대장은 전 부대를 통솔하는 거야. 알겠지?"

초목아가 손뼉을 치며 아이들의 주위를 환기했다.

"그럼 이제 각 소대의 별명을 짓도록 해! 그리고 소대가 다른 소대에게 이길 때마다 훈장과 과자, 상금을 줄 테니까 다들 힘내는 거다!"

아이들이 눈빛을 반짝이며 크게 소리쳤다. 새로운 놀거리가 생겼다는 듯 그들은 잔뜩 흥분한 채 소대 이름을 짓기 시작했다.

초목아가 담호를 돌아보며 방긋 웃었다.

"어때? 조금은 괜찮아진 것 같지?"
"아아, 네. 정말 그러네요."

담호는 눈을 커다랗게 뜬 채 진지한 얼굴로 자신이 속한 소대 이름을 짓는 데 열중하고 있는 아이들을 둘러보았다.

그 천둥벌거숭이 같던 아이들이 이렇게나 하나에 열중하는 모습이라니, 그건 천지가 개벽하는 일과 다를 바가 없었다.

'대단한 재주네.'

담호는 새삼스러운 눈으로 초목아를 바라보았다. 확실히 그건 대단한 재주였다.

3. 동행(同行)

이후 아이들은 달라졌다.

각 소대별로 승부를 걸고 겨루게 되면서 아이들의 눈빛이 변했다.

또한 소대장들은 코흘리개 아이부터 개구쟁이들까지 달래고 어르면서 하나로 뭉치게끔 노력했으며, 부대장들 또한 뒤처지는 소대가 없도록 보살피면서 백여 명의 아이들은 어느새 일사불란한 전사가 되어 가기 시작했다.

"도대체 그런 방법은 어떻게 생각해 낸 거야?"

담호가 묻자 초목아는 어깨를 으쓱거리며 말했다.

"아이들이 매일 보는 게 싸움이고 승부잖아? 그리고 매일 잠자리에서 듣는 건 아버지의 허세 가득 담긴 싸움 이야기이고. 그러니 편을 갈라서 승부를 겨루게 하면 훨씬 집중할 거라고 생각했지."

"대단하네."

담호의 감탄에 초목아의 콧대는 높아질 대로 높아졌다.

아이들에게도 생존과 투쟁의 본능이 있다는 걸 간파한 건 아니었지만, 확실히 초목아의 방식은 아이들의 집중력을 향상하고 투쟁심을 끌어올리는 데 크게 기여했다.

또한 이길 때마다 상품으로 주는 과자와 말린 과일은 아이들의 승부욕을 더욱더 불태웠다.

담호가 감탄한 건 초목아뿐만이 아니었다.

그는 아이들을 지도하면서 대장 동동이 얼마나 정확하게 아이들을 파악하고 있는지 알게 되었고, 그런 동동의 행사가 매번 공명정대하며 시의적절한 걸 보면서 몇 번이나 감탄을 금치 못했다.

'갑작스레 높은 자리에 올라 사람들을 다스리고 지휘한다는 게 생각만큼 쉽고 간단하지 않은데, 동동 이 아이는 태어나서부터 그래 왔던 것처럼 능숙하고 노련하게 아이들을 이끌어 나가는구나.'

담호 역시 유주 전투 당시 갑작스레 화평장의 소장주가 되어 뭇 위사와 무사들을 지휘, 건곤가와의 전투에 임했던 적이 있었다.

그런 까닭에 미처 준비되지 못한 상황에서 사람들을 적재적소에 배치하고 때와 상황에 맞춰 적절한 명령을 내리는 일이 절대 만만치 않다는 걸 누구보다도 더 잘 알고 있었다.

그런데 동동이라는 어린 여자아이는 마치 타고났다는 듯, 때로는 날카롭고 때로는 부드럽게 때로는 화끈하게 소리치며 아이들을 독려하고 이끌어 갔다.

담호는 비록 아이들에게 무공의 기초를 가르치는 입장이었지만 외려 아이들을 보면서 좋은 공부를 할 수 있었다. 그런 의미에서 보자면 동동은 담호에게 또 다른 스승이었다.

삼인행필유아사언(三人行必有我師焉)이라고 했던가.

세 사람이 함께 길을 가면 그중에서 반드시 내 스승이 있다는 말이었다. 그리고 그 스승은 나보다 어릴 수도 있고 여인일 수도 있고 이 나라 사람이 아닐 수도 있었다.

행여 나이가 어리다고 해서 여인이라고 해서 오랑캐라고 해서 외면한다면, 기껏 찾아온 기회를 제 발로 걷어차는 것과 다를 바가 없는 일이었다.

담호는 동동만 유심히 지켜보지 않았다. 부대장과 소

대장은 물론 일반 아이들까지 하나하나 세심하게 살피고 지켜보면서 그들에게 얻을 수 있는 교훈과 배울 수 있는 가르침을 모두 받아들였다.

그리하여 담호가 아이들과 함께 보냈던 그 한 달 정도의 시간은 지난 일이 년 동안 배웠던 그 어떤 것보다도 훌륭한 가르침이 되었다.

하지만 영원한 건 없다는 말처럼, 담호는 어쩔 수 없이 어린아이들과 헤어져야 했다.

"네? 제가요?"

담호의 눈이 휘둥그레졌다.

영문도 모른 채 불려온 영빈청의 대청에는 부친 담우천과 두 어머니인 나찰염요와 소화, 그리고 강만리가 자리에 앉아 있었다.

담호가 놀란 건, 바로 지금 강만리가 그에게 중원으로 돌아가서 축융문의 소재를 확인하고, 화약과 폭약을 얻어 오라는 명령을 내렸기 때문이었다.

"왜? 못하겠느냐?"

담우천의 물음에 담호는 화들짝 놀라고 고개를 저었다.

"아닙니다. 너무 갑작스러운 이야기라서요."

그렇게 대답하는 담호의 심장이 두근거리고 있었다.

드디어 제대로 된 임무를 맡게 되는 것이다. 강 숙부도 아버님도 마침내 자신을 한 사람의 사내라고 인정하는 것이다. 감격에 겨운 가슴이 쉽게 진정하지 않았다.

강만리가 눈살을 찌푸리며 투덜거렸다.

"이 모든 게 네 그 떠들썩한 화 숙부 때문이란다. 그가 제대로 처리하고 돌아왔더라면 네가 이런 고생을 할 필요가 없는데 말이다."

그렇게 한 차례 화군악에 대한 투정을 한 다음 강만리는 다시 차분하게 설명을 이어 나갔다.

"어려울 건 없을 거다. 진 당주와 강호오괴가 동행할 테니까. 길을 찾는 건 강호오괴에게 맡기고, 축융문과의 협상은 진 당주와 상의하면 될 테니까."

담호는 눈빛을 반짝이며 듣다가 문득 담우천을 힐끔거렸다. 담우천은 팔짱을 낀 채 두 눈을 지그시 감고 있어서 그가 지금 무슨 생각을 하는지 짐작할 수 없었다.

그러는 동안에도 강만리의 말은 계속해서 이어져 나갔다.

"황금과 전표, 그리고 몇 가지 보주들을 준비해 두마. 축융문의 화약과 폭약을 얻으려면 막대한 비용이 들 테니까. 만약 그들이 돈이 아닌 다른 무언가를 원한다면 네 기지를 발휘해서 설득하고 협상하도록 해라. 저 멍청한 화 숙부처럼 빈손으로 돌아오면 절대로 안 되는 게다, 이번에는."

담호는 가슴이 쿵쾅거렸다.

과연 순간순간 일어나는 급격한 변화나 특별한 상황에서 과연 자신이 제대로 기지를 발휘할 수 있을지 걱정이 되었다. 문득 그는 한 사람의 얼굴이 떠올랐다.

담호는 조심스레 입을 열었다.

"한 명 더 데리고 가도 괜찮을까요?"

"한 명? 아니, 원하는 만큼 데리고 가도 상관없다. 네 숙부들이나 다른 당주 등 이곳에서 할 일이 많은 사람이 아니라면 얼마든지 데리고 가도 된다. 흠, 아예 상단(商團)으로 보이는 게 사람들의 눈을 속이는 데 이득일까?"

강만리가 엉덩이를 긁적이며 중얼거릴 때, 문득 나찰염요가 미소를 지으며 담호에게 물었다.

"그래, 누굴 데려갈 생각인데?"

"초 누나요."

"초 누나? 목아 말이더냐?"

나찰염요는 의외라는 표정으로 물었다. 강만리가 고개를 끄덕였다.

"네. 무공은 약하지만 기지나 재치가 뛰어나고 상황을 살피는 눈치로 빠르거든요. 함께 가면 상당히 도움이 될 것 같아요."

"그럴까?"

나찰염요가 고개를 갸웃거릴 때 눈을 지그시 감고 있던

담우천이 입을 열었다.

"네가 너무 순진하고 순박하고 착해서 사람들의 흉심(凶心)을 쉽게 눈치채지 못할 수 있으니, 목아의 재빠른 눈치라면 충분히 도움이 될 수 있을 것 같구나."

"그렇죠? 저도 그렇게 생각했거든요."

"칭찬이 아니다."

담우천의 무뚝뚝한 말에 담호는 고개가 쏙 들어갔다. 담우천이 혀를 차듯 말했다.

"순진하고 순박하고 착하다는 건 강호를 살아가는 무림인에게 있어서 전혀 도움이 되지 않는다. 온갖 흉계가 난무하고 언제든지 뒤통수칠 준비가 되어 있는 세상이 강호이다. 그러니 조금은 독(毒)하고 악(惡)하고 비열해질 필요가 있다. 명심하도록 하라. 착한 채로 죽는 것보다는 비열한 채로 살아남아야 한다는 걸 말이다."

담호는 뭔가 마땅치 않은 듯 반박하려 했으니 이내 고개를 숙이며 대답했다.

"명심하겠습니다."

"그래. 내 조언은 그게 전부다."

담우천은 다시 입을 다물었다. 강만리가 웃으며 이어 말했다.

"이게 다 너를 걱정해서 하시는 말씀이다. 겉으로는 저래 봬도 아직 어린 네가 강호에 홀로 나가는 걸 두고 얼마나 걱정하고 반대했는지……. 내가 네 아버지를 설득하느라 얼마나 힘들었는지 아느냐?"

"내가 언제 그랬는가?"

강만리가 혀를 내두르자 담우천이 발끈했다. 나찰염요가 강만리 편을 들었다.

"확실히 그랬거든요."

"허어, 내가 언제……."

"확실히 그러셨어요."

소화까지 나서 담우천은 삐친 듯 굳게 입을 다물었다. 나찰염요가 그의 손등을 다독이면서 담호를 향해 재차 물었다.

"그럼 목아면 충분하니?"

"네. 충분합니다."

그렇게 당당히 말한 담호는 살짝 눈치를 보며 말을 덧붙였다.

"하지만 혹시 가능하다면 일노 아저씨도 함께 가고 싶은데요."

"일노는……."

강만리가 눈살을 찌푸리며 안 된다고 하려 했지만 나찰염요가 먼저였다.

"그래. 그렇게 하렴. 일노가 함께 한다면 나도 훨씬 더 마음이 놓일 것 같으니."

나찰염요는 부드럽게 말한 후 가늘게 눈을 뜨며 강만리를 돌아보았다. 그녀의 매서운 눈빛과 마주친 강만리는 어깨를 움츠리며 고개를 끄덕였다.

"그래. 일노야 뭐, 그가 하는 일이 많기는 하지만 그래도 내가 조금 더 움직이면 되니까. 그럼 거기까지다?"

"네, 강 숙부."

담호는 활짝 웃으며 말했다.

"그래. 그럼 최대한 빨리 준비해서 이틀 안에 떠나도록 해라. 빠르면 빠를수록 좋다는 거 잊지 말고. 자칫 건곤가의 강시들과 다시 싸운 다음에 돌아오면 그때는 이미 아주 늦은 게 될 테니까."

강만리의 당부에 담호의 표정이 달라졌다.

자신이 맡은 임무의 무게와 중요성이 새삼스레 무겁게 느껴지는 것이었다.

* * *

한편 읍소(泣訴) 작전이 실패한 후 화군악은 이번에는 '심통 난 자식'이라는 작전을 펼쳤다.

원하던 장난감을 손에 넣지 못한 아이들이 그러하듯, 화군악은 밥을 먹지 않고 대화를 나누지 않고 홀로 방에 들어가 잠들었다.

그는 자신의 아내 정소흔을 철저하게 무시했다. 그림자 취급했다. 보이지 않는 투명한 자처럼 대우했다.

단둘이 있을 때만 그런 것이 아니었다. 동료들, 화평장 가족들과 함께 있을 때도, 식사를 하거나 차를 마시거나 대화를 나눌 때도 화군악은 정소흔을 바라보지 않고 말을 건네지 않으며, 아예 자리에 없는 사람처럼 행동했다.

사람들이 의아하다는 듯이 두 사람을 바라보았다. 정소흔은 미소를 잃지 않았지만, 난감하고 부끄러우며 쑥스러운 기색을 감추지 못했다.

사실 아무리 부부싸움을 하더라도 밖에서는 티를 내지 않는 게 불문율이었다. 그게 부부 관계와 가정을 꾸리는 기본이었다. 그런데 화군악은 그 근본부터 어깃장을 놓고 있었다.

결국 지켜보다 못한 화평장 식구들이 나섰다. 여인네들은 정소흔에게 우르르 몰려가 도대체 무슨 일인지 물어봤고, 사내들 또한 화군악에게 무슨 일이냐고 물었다.

"아무것도 아니에요. 그저 평범한 부부싸움 중이에요."

정소흔은 그렇게 말하며 웃었다.

"이참에 마누라 기를 확 꺾어 놓으려고요. 명문 정파 출신이라고 아주 나를 깔봐도 이만저만 깔보는 게 아니잖아요?"

화군악은 씩씩거리며 자초지종을 설명했다.

사내들은 눈을 휘둥그레 뜬 채 화군악의 이야기를 듣고는 혀를 찼다.
 "또 네 잘못이리라고 생각했지만 이번만큼은 제수씨가 너무한 게 아닌가 싶다."
 강만리가 말했다.
 "사문과 부모와 남편 중에서 가장 중요하고 첫 번째로 생각해야 하는 건 바로 남편이니까. 남편이 원한다면 훔쳐 와서라도 가르쳐 줘야 하는 게 상식이잖아?"
 "그러니까요. 심지어 제가 오체투지까지 했는데도 전혀 들어줄 생각을 하지 않더라고요."
 "흠, 나는 생각이 조금 다른데. 제수씨 의견도 존중해 줘야 한다고 봐."
 정유가 진지하게 말했다.
 "무엇보다 군악 너 때문에 부모와 의절하고 사문에서 파문을 당한 처지이니까. 이미 그만한 죄를 지었으니 더는 죄를 짓기 힘들겠지. 그 사정을 이해하지 못해 준다면 아무래도 너는 남편 자격이 없는 것 같다."
 정유의 냉정한 말에 화군악이 입을 삐죽이며 반박하려 했다. 하지만 강만리가 이내 마음을 바꾼 듯 고개를 끄덕이며 화군악보다 빠르게 입을 열었다.
 "흐음, 듣고 보니 정유의 말에도 일리가 있는 것 같군. 확실히 제수씨가 너를 위해 포기한 것들이 많기는 하니까. 이번에는 네가 포기를 하는 게 맞는 것 같다."

"아아, 젠장. 내 편은 한 명도 없다니까!"

화군악이 투덜거리며 설벽린을 돌아보았다.

"형님은 어찌 생각하시는데요?"

설벽린은 당연하다는 듯 말했다.

"여자를 울리는 놈이 가장 못난 놈이지."

"됐어요, 그렇게 대답할 것 같아서 처음부터 물어보려 하지 않았는데. 담 형님은요?"

"글쎄다."

담우천은 심각하게 고민하다가 입을 열었다.

"나라면 내가 말하기 전에 염요가 먼저 해 줬을 것 같구나. 소화도 마찬가지이고."

화군악은 물론 강만리, 정유, 설벽린의 얼굴이 동시에 구겨지듯 찌푸려졌다.

2장.
담호, 강호로 나가다

담우천은 확실히 사마외도의 거물이었고
화군악이나 장예추도 마도(魔道)의 거물을 사부로 둔 인물들이었으며,
설벽린도 한때 흑도 방파의 방주였었다.
또한 비록 전직 포두라고는 하지만 강만리도 그 행사를 지켜보면
정파 쪽 인물이라고 하기에는 아쉬운 부분이 훨씬 많았다.

담호, 강호로 나가다

1. 강호행(江湖行)

"내가? 나도 가도 되는 거야? 진짜야?"

초목아는 펄쩍펄쩍 뛰며 환호했다.

담호는 흡족한 눈빛으로 그 모습을 바라보다가 얼른 정신을 차리고 진지하게 말했다.

"그렇게 좋아할 일만은 아니야, 누나. 이번 일에는 우리 화평장 전체의 안위가 걸려 있으니까. 그렇게 어디 놀러 가는 것처럼 기뻐하면 안 돼."

"이 일이 얼마나 중요한지 물론 알지. 잘 알지. 중요하니까 나 정도 되는 인재와 함께 가려는 게 아니겠어? 그건 그렇지만 역시 중원으로 되돌아간다고 하니까 벌써부터 들뜨는 건 어쩔 수가 없어."

"으음, 누나는 이곳 빙궁이 싫어?"

"아니. 무슨 소리야? 빙궁이 싫을 리가 있겠어? 단지 북해가 너무 추울 뿐이야. 황량하기도 하고, 그리고 무엇보다……."

초목아는 주위에 사람이 없다는 걸 확인하고는 담호에게 다가가 그의 귓가에다 속삭였다.

"너와 단둘의 여행이잖아?"

담호의 얼굴이 붉어졌다. 그는 한 걸음 물러선 후 헛기침을 하며 말했다.

"우리 둘만의 여행이 아니야. 진 아저씨, 일노 아저씨, 그리고 오괴 할아버지들까지 함께 가니까."

"바보."

초목아는 손가락으로 담호의 콧잔등을 툭 치며 웃었다.

"그런 뜻이 아니라고. 역시 넌 아직 어리구나."

담호의 얼굴이 또 다른 의미로 붉어졌다.

"어린아이에게 이런 중요한 임무를 맡기겠어? 자꾸 그렇게 이상한 소리 하면 함께 간다는 거 취소할 거야."

"아니, 아냐. 너무 기쁘고 행복해서 하는 소리니까 신경 쓰지 말아 줘. 알겠지, 대장?"

"대장?"

"그래. 이번 강호 원정대의 대장이잖아, 네가."

"원정대는 또 뭐고, 대장은 또 뭐야? 됐어. 하여튼 내일 아침 일찍 출발할 거니까 대충 짐 꾸리고 어머니들께도 인사드려. 아, 짐은 괴나리봇짐 하나 정도면 돼. 안 그래도 가지고 갈 물건들이 많으니까."

"짐이 뭐 필요하냐? 나는 너만 있으면 돼."

담호의 얼굴이 다시 붉어졌다.

그는 말을 하면 할수록 초목아의 흐름에 넘어가는 것 같아서 서둘러 그녀와 인사를 한 후 자리를 떠났다.

초목아는 그의 모습이 보이지 않을 때까지 손을 흔들다가, 그 자리에서 깡충깡충 뛰며 좋아했다. 그러고는 양손을 허리에 얹고 깔깔 웃었다.

"역시 내가 아니면 안 된다니까. 그 가슴만 더럽게 큰 여진족 여전사보다는 내가 몇 배는 더 낫지. 암, 낫고말고."

"뭐가 그리 낫다는 게냐?"

초목아의 등 뒤에서 중년 여인의 목소리가 들려왔다. 초목아는 깜짝 놀라 황급히 뒤돌아섰다. 나찰염요가 막 대청에서 나오고 있었다.

초목아는 얼른 두 손을 모으고 허리를 숙였다.

"어디 나가시나 봐요, 사부."

"약당에 가 보려고 한다. 그런데 뭐가 낫다는 거니?"

담호, 강호로 나가다 〈49〉

"아니에요, 아무것도."

초목아는 머쓱한 표정으로 얼버무린 후 빠르게 화제를 바꿨다.

"참, 저 내일 담호와 함께 강호로 출발해요. 방금 이야기를 들은 까닭에 미처 사부께 말씀드리지 못했어요."

"아, 나도 알고 있다. 아호가 너를 추천하는 자리에 나도 있었으니까."

나찰염요의 말을 들은 초목아의 눈이 휘둥그레 커지며 동시에 별빛처럼 반짝였다.

"담호가 추천한 거였어요?"

"그래. 네 재치와 기지, 임기응변이 강호행에 있어서 상당한 도움이 될 거라고 하더라."

"와아, 역시 담호의 사람 보는 눈이 뛰어나네요."

"으음."

미소를 짓던 나찰염요가 일순 정색했다. 그녀의 눈빛이 달라진 걸 본 초목아 또한 얼른 마음을 가라앉히고 고개를 숙였다. 나찰염요가 웃음기 없는 목소리로 말했다.

"놀러 가는 게 아니란다. 괜히 들떠 있다가는 너희들이 맡은 임무는 물론, 너희들의 목숨까지 위험할 수 있단다. 지금 강호는 전쟁을 앞둔 폭풍전야의 상황이니까. 자칫 너희들이 무림오적과 연관이 있다는 걸 세상 사람들이 알게 되기라도 한다면……."

나찰염요의 주의가 고개 숙인 초목아의 머리 위로 무겁게 내려앉았다.

"그러니 아호를 잘 보살펴 주도록 하렴. 무공이야 아호가 낫겠지만, 그 아이 말대로 임기응변이나 기지는 네가 훨씬 더 뛰어나니까."

"알겠습니다, 사부."

"함께 가는 어른들의 말도 잘 듣고. 특히 진 당주의 말이라면 무조건 따르도록 해라. 그동안 봐 온 진 당주라면 절대 틀리거나 너희들에게 해가 되는 판단은 하지 않을 테니까."

"명심하겠어요."

"됐다. 그럼 들어가서 짐을 꾸리도록 해라. 아, 다른 사람들에게도 작별 인사하는 걸 잊지 말고."

"네, 그럼 올라가 볼게요."

초목아는 나찰염요를 향해 꾸벅 인사하고는 서둘러 영빈청으로 뛰어 들어갔다.

그 뒷모습을 지켜보던 나찰염요가 깊은 한숨을 내쉬며 고개를 저었다.

"오라버니 말대로 아직 이른 게 아닌지 모르겠네."

그녀는 그렇게 중얼거리면서 약당으로 향했다.

장예추가 암습을 당한 지도 며칠이 흘렀다. 첫째, 둘째 날과는 달리 약당 앞은 한산했고, 약당의 대청에도 사람이 많이 모여 있지 않았다.

 차를 마시며 대화를 나누고 있던 모용현아와 당혜혜, 그리고 예예가 대청으로 들어서는 나찰염요를 보고 자리에서 일어났다.

 "오셨어요?"

 "편히들 쉬어."

 나찰염요는 빈자리에 앉으며 모용현아를 바라보았다.

 며칠 전 나찰염요는 자기보다 어린 당혜혜로부터 모진 꾸지람을 들은 모용현아를 찾아가 위로한 적이 있었다.

 그때의 의기소침해 있던 모용현아는 이 자리에 없었다. 물론 여전히 수척해 보이기는 했지만, 그래도 모용현아는 평소와 다를 바 없이 활달하고 오만하며 거침이 없었다.

 "아드님이 중원으로 가신다고요?"

 예예가 차를 준비하는 동안 모용현아가 입을 열었다.

 "이른바 강호초출인 거네요."

 "고마워, 예예. 강호초출은 무슨. 예전에도 혼자 강호를 떠돌아다닌 적이 있었는데."

 나찰염요는 차를 따라 주는 예예에게 감사의 표시를 한 후, 모용현아를 향해 부드럽게 미소를 지으며 말했다.

 모용현아가 살짝 놀란 표정을 지었다.

 "혼자서요?"

"그래. 화평장 식구들과 함께 성도부를 떠나 유주로 향하던 길목에서 혼자 도망쳐서 악양부로 왔거든. 제 아비와 엄마를 도와주려고 말이지."

"아아, 그런 적이 있었군요. 정말 보면 볼수록 대단한 아이네요. 무위도 그렇고 성격도 그렇고, 마음 씀씀이도 그렇고…… 어쩌면 다음 세대의 무림은 아호를 중심으로 움직일 것 같아요."

모용현아는 진심으로 감탄했다.

사실 그녀가 보기에는 화평장의 사내들은, 태극천맹의 정유만 제외하곤 대부분 사마외도에 가까웠다.

담우천은 확실히 사마외도의 거물이었고, 화군악이나 장예추도 마도(魔道)의 거물을 사부로 둔 인물들이었으며, 설벽린도 한때 흑도 방파의 방주였었다.

또한 비록 전직 포두라고는 하지만 강만리도 그 행사를 지켜보면 정파 쪽 인물이라고 하기에는 아쉬운 부분이 훨씬 많았다.

그런 와중에 담호는 담우천의 아들이라고 하기에는 너무나 맑고 깨끗하고 순후한 성격의 소유자였다.

비록 담호를 알게 된 지는 몇 달밖에 되지 않았으나, 담호가 동생들을 데리고 노는 모습이나 북해빙궁 아이들을 가르치는 모습, 그리고 시도 때도 없이 무공 수련에 정진하는 광경을 보고 있자면 정파의 그 어떤 아이보다도 훨씬 더 정파의 제자 같은 아이임을 확신할 수 있었다.
 나찰염요는 그런 모용현아의 칭찬에 빙긋 웃으며 고개를 저었다.
 "그 아이를 중심으로 세상이 움직인다니, 그건 너무 과찬이야. 아직 부족한 것 천지고 배워야 할 것이 산처럼 쌓여 있으니까. 나는 그저 그 아이가 행복하고 건강하게만 자랐으면 좋겠어."
 "그렇죠? 확실히 아이를 갖게 되면 갖기 전과 생각이 많이 달라지는 것 같아요."
 자리에 앉은 예예가 웃으며 말했다.
 "저도 아정을 갖기 전까지만 하더라도 세상에서 가장 뛰어난 인물이 되었으면 했는데, 지금은 그저 무탈하고 건강하고 행복하게만 자랐으면 하는 게 소원이거든요."
 "으음, 다들 그렇게 바뀌나 보군요."
 모용현아는 중얼거리다가 힐끗 당혜혜를 돌아보고는,
 "당 동생은······." 하고 말을 꺼내려다가 황급히 입을 다물었다.
 확실히 당혜혜에게 한 번 크게 혼이 난 후로는 아무래도 그녀를 대하는 게 어색하고 어려웠다. 특히 그녀를 동생이라고 호칭하는 건 예전보다 더욱 힘들어졌다.
 '그게 당연한 거야. 어쨌든 그녀가 첫째 부인이고, 나는 둘째 부인이니까.'

모용현아가 새삼 현실을 자각할 때, 당혜혜가 천천히 입을 열었다.

"저도 마찬가지예요. 지금은 그저 별 탈 없이 건강하게만 자랐으면 좋겠어요. 둘째 녀석이 요즘 들어 너무 젖을 안 먹거든요."

당혜혜가 한숨을 내쉬자 나찰염요와 예예가 이런저런 조언을 건네기 시작했다.

졸지에 아이를 둔 엄마들의 대화가 시작되었고, 그 바람에 모용현아는 꿀 먹은 벙어리가 된 채 멀뚱하게 앉아 있어야만 했다.

어색한 모용현아의 모습을 눈치챈 당혜혜가 살짝 미소를 지으며 그녀에게 말을 걸었다.

"모용 언니도 잘 들어 두세요. 언젠가는 다 뼈가 되고 살이 되는 조언들이니까요."

"그래. 너도 곧 아이를 가질 텐데, 이런 건 미리미리 기억해 둬야 해."

"맞아요. 저도 아무 생각 없이 어른들의 조언을 흘려들었다가 나중에 고생한 적이 여러 번 있었거든요."

모용현아는 자신에게 언니 운운하며 말을 걸어온 당혜혜의 마음 씀씀이에 고마워하며 입을 열었다.

"그럼 반드시 기억해 두어야겠네요. 아이들이 젖을 먹지 않을 때는 어떻게 해야 하는지 말이에요."

"어디 그것뿐인 줄 아세요? 애들이 우는 이유부터 잠을 자지 않는 이유까지 알아 둬야 할 게 한둘이 아니라고요."

나찰염요가 웃으며 말렸다.

"너무 앞서 나가는 것 같다, 우리. 아직 애도 들어서지 않았는데 벌써 거기까지 이야기하다니 말이지."

"아, 그건 그렇네요. 먼저 애를 갖는 게 우선이기는 하죠. 그런데 장 도련님이 아직 움직이지 못해서……. 하지만 첫날밤의 잠자리만으로 임신할 수도 있잖아요?"

예예의 말에 모용현아의 뺨이 달아올랐다. 첫날밤의 잠자리라는 말을 듣는 순간, 그 뜨겁고 달콤하며 짜릿했던 쾌감의 기억이 그녀의 아랫도리를 자극한 것이다.

"그나저나 우리 화평장 사내들은 아침부터 다들 어디 간 거야? 왜 코빼기도 안 비치는 거지?"

나찰염요가 화제를 돌렸다. 예예가 눈을 휘둥그레 뜨며 되물었다.

"네? 아직 듣지 못하셨어요? 지금 그 여진족의 대장이라는 자와 함께 빙궁 밖으로 나갔잖아요. 그 밖에 대기하고 있던 두 명의 잔병과 만난다고 하면서 말이에요."

"음? 진짜? 아휴, 정말. 그런 중요한 일도 말하지 않는다니까. 정말이지 무정해도 너무 무정한 사내라니까."

나찰염요는 담우천을 향해 투정 부리듯 중얼거리며 눈살을 찌푸렸다.

'설마 어제 자신 편을 들어 주지 않고 아호의 강호행을 응원했다고 삐친 건 아니겠지?'

나찰염요는 속으로 그렇게 중얼거리다가 문득 저도 모르게 피식 웃음을 흘렸다.

역시 사내는 나이가 들어도, 학식이 높거나 무공이 강해도 결국에는 어린아이라는 생각이 들었기 때문이다.

2. 나만 한 적임자가 없다

"왜요?"
"아니, 갑자기 귀가 간지러워서."
"누가 형님 이야기를 하나 봅니다."
"내 이야기를 할 사람이야 많겠지. 나를 아는 사람이라면 다들 날 죽이니 살리니 할 테니까."

담우천은 귀를 긁적이다가 문득 눈빛을 빛내며 오른쪽 숲을 주시했다. 강만리와 화군악도 그를 따라 오른쪽 숲으로 시선을 돌렸다.

"그렇게 긴장하지 않아도 된다고, 다들."

팔이 뒤로 묶여 있던 대장이 킬킬거리며 입을 열었다.

"드디어 그들이 우리를 찾은 것 같군. 어떤가? 썩 나쁘지 않지? 불과 한나절 만에 이 광활한 북해에서 우리를 찾는 걸 보면 말이지."

 아침 일찍 빙궁을 나섰다. 이제 해가 중천을 지나 서쪽으로 향하고 있으니 확실히 한나절은 족히 지났다.

 그동안 강만리 일행은 여진족의 대장을 이끌고 남쪽으로 계속 이동했다. 얼음으로 뒤덮인 벌판을 지나고 눈 쌓인 숲과 언덕을 지났을 때, 드디어 오른쪽 수풀 저 안쪽에서 두 개의 인기척이 느껴진 것이었다.

 여진족 대장은 입술을 모으더니 새소리를 내기 시작했다. 가만히 듣고 있던 강만리가 그 절묘한 음색에 내심 감탄하며 중얼거렸다.

 '고묘파의 구기에 비해서도 전혀 뒤지지 않을 정도로 생생한 새 울음소리구나.'

 그때 숲 안쪽에서 화답하듯 새 울음소리가 들려왔다.

 대장이 다시 새소리를 냈고 그렇게 몇 차례 주고받기가 끝난 후, 숲에서 두 명의 사내가 무기를 든 채 조심스레 걸어 나왔다. 그들이 바로 빙궁 밖에서 암습의 결과를 기다리고 있던 두 명의 잔병이었다.

 강만리는 눈을 가늘게 뜨고 그들을 바라보았다. 잔병답지 않게 눈과 팔, 다리 모두 성해 보였다.

 '포로를 데리고 빙궁의 추적을 따돌리며 칸에게 돌아가는 임무를 맡아서인가? 확실히 겉모습은 멀쩡해 보이는군. 달리거나 싸우는 데 특화된 자들인 것 같다.'

강만리가 두 명의 여진족 전사들을 바라보며 그렇게 생각할 때, 대장이 그 두 전사를 향해 말했다.

"걱정 마라. 이들은 칸의 용맹함에 굴복하여 스스로 인질이 되기로 했으니까."

이런.

강만리는 뒤늦게 한숨을 쉬었다.

'최소한 한 명 정도는 여진어를 사용할 줄 아는 사람과 함께 왔어야 하는 건데.'

워낙 대장과의 소통이 원활했던 까닭에 이렇게 그가 잔병과 여진족의 말로 대화를 나눌 수 있다는 사실을 깜빡 잊었던 것이었다.

지금 저들이 무슨 이야기를 나누고 있는지, 어떤 흉계를 꾸미고 있는지 강만리와 담우천들은 전혀 알 수가 없었다.

'칸과 만나러 갈 때 한 명 정도 충원이 필요하겠군.'

강만리가 그렇게 계획을 수정할 때, 화군악이 눈살을 찌푸리며 말했다.

"지금 뭐라고 대화한 거야?"

대장이 어깨를 으쓱거리며 말했다.

"걱정 말라고 했다."

"그게 그렇게 길어?"

"안부도 물었다. 걱정하지 마라. 딴생각은 하지 않으니까."

대장은 화군악과 강만리들의 속내를 읽고 있다는 듯 킬킬 웃으며 말했다. 그러고는 다시 두 명의 전사를 돌아보며 여진족의 말로 이야기했다.

"강만리라는 자와 한두 명 정도 함께 칸을 만나러 갈 것이다. 도중에 기회가 닿는다면 그 한두 명은 죽여도 상관없다. 어쨌든 놈들은 우리의 손아귀에 있으니까."

두 전사는 대답 대신 고개를 끄덕였다.

강만리가 보아하니 오로지 대장만 말하는 것으로 보아 두 전사는 아무래도 말을 할 수 없는 벙어리인 듯했다.

하기야 잔병인 이상 신체 부위 하나 이상 부족하거나 훼손되어 있어야 했으니, 겉모습 멀쩡한 두 전사의 경우에는 아무래도 벙어리일 가능성이 가장 높았다.

아니나 다를까. 두 전사는 손가락으로 대장에게 뭔가 수신호를 보냈다. 대장은 고개를 끄덕이며 여진어로 말한 다음 강만리를 돌아보며 한어로 말했다.

"언제 출발할 거냐고 묻기에 내일 아침 일찍 출발한다고 대답했다. 맞나?"

"맞다."

강만리는 고개를 끄덕였다. 대장이 보이지 않는 눈으로 강만리를 쳐다보며 씨익 웃고는 다시 두 명의 전사를 향해 말했다.

전사들은 강만리를 한 차례 노려본 다음 다시 숲 안쪽

으로 스며들 듯 사라졌다. 놀랍게도, 강만리는 물론 담우천조차도 미처 그 기척을 알아차릴 수 없을 정도로 신묘한 움직임이었다.

"처음 기척은 일부러 낸 모양이로군. 우리가 어느 정도의 기척까지 눈치챌 수 있는지 확인해 보기 위해서 말이지."

덤덤하게 중얼거리는 담우천의 눈빛이 매섭게 숲 안쪽을 훑었다.

강만리는 고개를 갸웃거리며 대장에게 물었다.

"어차피 내일 함께 출발하기로 했는데 굳이 이 추운 곳에서 기다릴 이유가 어디 있나? 함께 빙궁으로 돌아가 하루라도 편히 쉬게 하지."

대장은 누런 이를 드러내며 웃었다.

"저들에게는 이곳이 집이니까. 이곳만큼 편한 곳이 없다."

"뭐, 그렇다면야."

강만리는 어깨를 으쓱거렸다.

강만리 일행이 대장과 함께 빙궁으로 돌아온 건 해가 지고 사방이 어두워진 후의 일이었다.

강만리는 대장을 뇌옥 석실에 가둔 후 영빈청으로 향했다. 영빈청에는 화평장의 안주인들이 아직도 저녁 식사를 하지 않고 사내들을 기다리고 있었다.

강만리를 비롯한 사내들이 대청으로 들어섰을 때, 대청

탁자에는 방금 조리가 끝난 듯 뜨거운 김을 모락모락 피우고 있는 수십 가지의 음식이 한가득 차려져 있었다.

"왜들 식사하지 않고……."

강만리와 사내들은 입맛을 다시며 자리에 앉았다. 연락을 받고 온 설벽린과 정유도 함께 식사를 하기 시작했다. 안주인들은 사내들이 허겁지겁 음식을 먹는 광경을 지켜보다가 그제야 수저를 들었다.

"내일 긴 여정을 떠난다고 한껏 솜씨를 부린 모양이군. 하나같이 맛있는 사천요리들이야. 아주 실력이 많이 늘었네?"

강만리는 옆자리의 예예 엉덩이를 툭 치며 웃었다. 예예도 방긋 웃으며 말했다.

"정 언니가 거의 다 하셨어요."

"그래?"

강만리는 놀란 표정을 지으며 정소흔을 돌아보았다. 정소흔이 부끄럽다는 듯 배시시 웃었다.

그녀는 무당파 사람으로, 무당산은 호광 북쪽, 섬서와 하남 아래 지역에 있었다. 그러니 사천요리는 화군악과 혼인하여 성도부에 정착하면서 제대로 맛보고 배울 수 있었으니, 그 연륜은 불과 오륙 년밖에 되지 않았다.

그럼에도 불구하고 이렇게 완벽하고 훌륭한 사천요리들을 만들게 된 건, 역시 남편 화군악의 입맛을 맞춰 주고자 노력한 덕분이리라.

"군악, 너는 정말 복 받은 거다. 이런 부인 얻는다는 게 어디 그리 쉬운 일이냐? 아무래도 네가 전생에 나라를 구한 모양이다."

강만리의 너스레에도 불구하고 화군악은 한 점 미소조차 짓지 않았다.

평소라면 '원래 내 마누라가 날 하늘처럼 떠받든다고요.' 등등의 헛소리를 자랑스레 늘어놓으면서 한껏 으스댔을 그였으나 지금은 전혀 달랐다.

그는 자신의 옆자리에 앉아 있던 정소흔을 한 번도 돌아보지 않은 채 그저 묵묵히 젓가락을 놀리고 있을 뿐이었다.

'흠.'

강만리는 분위기를 풀어 주기 위한 우스갯소리를 더 하려다가 입을 다물었다. 아직도 서로 대화조차 하지 않는 것이 아무래도 생각보다 부부싸움이 오래가는 모양이었다.

'허어. 누구 하나 고집을 꺾으면 끝나는 게 부부싸움인데……. 그게 그렇게 쉽지 않나?'

쉽지 않았다.

부부싸움은 처음부터 큰일을 가지고 시작되는 건 그리 흔치 않았다. 대부분의 부부싸움은 사소한, 아주 사소해서 남들이 들으면 '그게 뭐야?' 싶을 정도로 사소한 일들로 인해서 벌어진다.

서로 고집을 꺾지 않으며 그런 상대방의 고집에 서운해하고 혹은 화를 내고 혹은 이해를 하지 못하면서 앙금은 점점 쌓이고 그 쌓인 것들이 어느 한순간 활화산처럼 터지면서 큰 싸움으로 번지게 되는 것이었다.

화군악과 정소흔도 비슷한 경우라 할 수 있었다.

이번 싸움의 시작은 화군악이 무당파의 심법을 배우고 싶어 하면서 벌어졌다. 그러다가 두 사람은 이참에 서로의 기를 꺾고 주도권을 잡으려 했고, 결국 그 싸움은 형제들과 부인들의 중재가 소용없을 정도로 커지게 되었다.

'뭐, 알아서 하겠지. 결국 부부싸움은 칼로 물 베기라고 했으니까.'

강만리는 내심 그리 생각하며 화제를 다른 쪽으로 전환했다.

"참, 내일 군악과 함께 칸을 만나러 갈 때 말입니다. 여진어를 잘하는 사람 한 명 정도를 데리고 가고 싶습니다. 가령 양 당주나 섬 당주 같은 사람으로 말이죠."

강만리의 말에 설벽린의 곁에서 거침없이 식사하고 있던 아라가 번쩍 손을 들었다.

"나!"

사람들이 그녀를 돌아보았다. 아라는 입가에 기름을 잔뜩 묻힌 채 큰 소리로 말했다.

"내가 간다. 나만큼 으음……."

"적임자가 없다."

설벽린이 소곤거리자 아라는 고개를 끄덕이며 말을 이었다.

"그래. 나만큼 적임자가 없다."

"나만 한."

"그래. 나만 한 적임자가 없다."

강만리는 묘한 표정으로 설벽린과 아라를 번갈아 바라보았다. 지금 이 두 사람의 표정과 말투와 분위기가 왠지 묘한 느낌을 풍기고 있었다.

3. 이제 넌 내 거다

물론 아라만 한 적임자는 없었다. 몇 달 전까지만 하더라도 여진족의 뛰어난 여전사이자, 천 명의 수하를 거느리던 천부장 명안이었으니까. 그녀라면 여진족 상황을 누구보다도 더 잘 알고 있었다.

하지만 또 그렇기 때문에 쉽게 믿을 수도 없었다. 몇 달 전까지만 하더라도 확실한 여진족의 여전사였으니까.

언제 그녀가 배신해도 전혀 이상하지 않았다.

강만리는 솔직하게 말했다.

"안 되오."

아라의 푸른빛 짙은 눈이 커졌다.

"왜 안 돼?"

"솔직하게 말하자면 아직 소저를 믿기 힘드오. 만약 우리를 배신하고……."

"나는 배신하지 않아!"

아라가 탁자를 치며 소리쳤다.

"여진의 여인들은 절대 남편의 형제들을 배신하지 않으니까!"

"남편?"

강만리는 좁쌀만 한 눈을 휘둥그레 떴다가 이내 피식 웃으면서 고개를 끄덕였다.

"아, 자기 코를 문 남자?"

"물론 그것도 있지만, 이미 나는 이 남자의 아내다. 이 남자와……."

"잠깐만!"

설벽린이 깜짝 놀라 소리치며 아라의 말문을 막았다. 아라가 눈을 동그랗게 뜨며 그를 돌아보았다.

"왜? 너와 잤다는 이야기는 하면 안 되는 거야?"

일순 설벽린의 얼굴이 일그러졌고, 주위는 쥐 죽은 듯

조용해졌다. 설벽린이 두 손으로 얼굴을 비볐다.
 강만리가 혀를 차며 말했다.
 "쯧쯧. 그새 참지 못하고……."
 "그게 아니라고요!"
 설벽린이 소리쳤다.
 "그게 아니면 뭔데? 설마 네가 겁탈이라도 당한 거야? 어라? 왜 말을 하지 못하는데? 설마, 진짜야?"
 강만리가 놀라 하며 계속 묻자 설벽린은 포기했다는 듯, 억울하다는 듯 한숨을 쉬며 말했다.
 "그저 씨름을 했을 뿐이라고요."
 "씨름?"
 "네. 예전에 그녀를 굴복시켰을 때 했던 그 씨름 말이에요. 부하라고 했던가……."
 "부흐다."
 "그래요, 부흐. 그때 패배를 인정할 수 없다고 해서 그럼 어디 다시 한번 해보자, 하고 겨뤘거든요."
 "그런데?"
 강만리뿐만 아니라 대청의 모든 사람이 흥미진진한 표정으로 설벽린의 입을 바라보았다.
 "그런데 하고 말 것도 없어요. 서로 엎치락뒤치락하다가 보니까 그만……."
 "흐음. 됐다, 거기까지 이야기하자."

강만리는 여인들의 눈치를 살피며 설벽린의 말을 끊었다. 하지만 정작 여인들은 강만리의 생각과는 달리 계속해서 듣고 싶은 모양이었다.

"괜찮아요. 계속해 봐요. 씨름하다가 어떻게…… 그렇게 되었는지 말이에요."

나찰염요의 재촉에 담우천이 눈살을 찌푸리면서 한마디 하려 했지만 그녀는 매몰찬 눈빛으로 그를 쏘아보며 말했다.

"오라버니는 아무 말도 하지 마세요. 오늘 빙궁 밖으로 나간다는 말도 하지 않았잖아요?"

"그, 그건……."

"됐어요. 그건 나중에 우리끼리 있을 때 따로 이야기하도록 해요."

분위기가 다시 냉랭해졌다.

강만리는 저도 모르게 엉덩이를 긁적였다. 아무래도 화군악과 정소흔만큼은 아니더라도 담우천과 나찰염요 또한 분위기가 심상치 않아 보였다. 이 싸늘해진 분위기를 바꾸기 위해서라도 설벽린의 희생이 필요했다.

강만리가 말했다.

"나도 사실 궁금하거든. 씨름은 씨름이고, 그건 그건데 말이지."

"둘이 다르지 않다고요. 나중에 형님도 한번 해 보시면 알겠지만 서로 부둥켜안고 발버둥을 치다가 보면 상황이 그렇게 되어 버린다니까요?"

설벽린은 하소연하듯 말했다.

밑에 깔린 사람은 빠져나가기 위해서 발버둥을 치고 위에서 누르는 안간힘을 쓰며 막았다. 다리가 서로 엉키고 젖무덤이 모양을 잃고 일그러질 정도로 밀착한 상태에서 서로 가쁜 숨을 몰아쉬어야만 했다.

귓전에 울리는 상대의 달뜬 신음과 같은 호흡, 땀방울, 그리고 헝클어진 옷매무새 사이로 드러난 뽀얀 살결, 살갗과 살갗이 비벼지고 부딪치면서 일어나는 찰싹거리는 파열음과 뜨거운 열기.

그런 상황에서 서로를 노려보다가 아라가 덥석 설벽린의 코를 깨물었다. 그녀의 크고 건장하며 풍만한 육체에 깔려 있던 설벽린은 마구 고개를 흔들며 대항하듯 크게 입을 벌려 아라의 코를 깨물려고 했다.

그렇게 서로 입을 벌린 채 깨물려고 하다가 아라가 그의 입을 덮쳐 갔다.

깜짝 놀란 설벽린이 발버둥을 치며 빠져나오려 했지만 힘만으로는 결코 그녀를 이길 도리가 없었다.

아라는 한 손으로 설벽린의 두 손을 옭아 쥐고, 탱탱하고 탄력 넘치는 허벅지로 설벽린의 두 다리를 감쌌다. 그리고 열렬히 입술과 입술을 비비면서 남은 한 손으로는 설벽린의 가슴과 복부, 그리고 하복부까지 연신 쓰다듬으며 옷을 벗겼다.

설벽린은 기가 막혔다. 이거야말로 겁탈을 당하는 게 아니고 뭐란 말인가.

평생 여자 위에 올라타 지금의 아라처럼 여인의 옷을 벗기기만 했던 설벽린에게 있어서 이 상황은 상당히 큰 충격이었다.

설벽린은 악을 쓰려 했고 몸을 비틀며 완강하게 반항했다.

하지만 아라는 꿈쩍도 하지 않았다. 어느새 아랫도리를 홀딱 벗은 그녀는 곧바로 설벽린의 물건 위로 올라탔다.

슬픈 건 그 와중에도 설벽린의 물건은 그 어느 때보다도 크고 단단하게 우뚝 서 있었다는 사실이었다.

"이런 걸 좋아하나 보네?"

아라는 씩씩거리며 커다란 엉덩이를 앞뒤로, 좌우로 움직이면서 설벽린의 귀에 대고 속살거렸다.

"이제 넌 내 거다."

* * *

그때의 그 부끄럽고 수치스럽고 분하고 억울하고 충격적인, 하지만 그 와중에도 한없이 끓어오르는 욕망과 음탕함과 후끈한 열기가 되살아나는 듯했다.

더불어 그때 아라가 했던 말이 다시금 귓전에 들려오는 것만 같았다.

설벽린은 저도 모르게 몸을 부르르 떨었다.

'이제 넌 내 거라니, 그게 사내자식이 계집에게 들을 법한 말이던가?'

그러니 차마 강만리들에게 제대로 된 사실을 이야기할 수 없었다. 설벽린이 주먹을 불끈 쥔 채 부들부들 떠는 모습에 사람들은 더는 그를 재촉하지 않았다.

나찰염요는 빙긋 웃으며 아라를 향해 말했다.

"회의 끝나고 우리 여자들끼리 따로 차나 마셔요. 아라 아가씨도 함께요."

아라는 고개를 끄덕였다.

"차보다는 술이 좋기는 하지만."

설벽린의 얼굴이 새파랗게 질렸다.

저 멍청할 정도로 솔직한 아라라면 그날 무슨 일이 있었는지, 설벽린이 어떤 추태를 보였는지 모두 이야기할 게 분명했다. 그건 안 된다. 반드시 막아야 했다.

설벽린은 다급한 어조로 강만리에게 말했다.

"그녀라면 이번 칸의 회담에 필요한 인물입니다. 한어도 여진어도 능통하고, 무엇보다 현지 상황과 인물들에 대해서 박식하니까요."

"흠. 사실 그 부분은 나도 인정하고 있지만 아무래도……."
"배신 같은 건 절대 하지 않을 겁니다. 만약 그녀가 배신한다면 내 남은 손을 자르겠습니다."
"치워라. 그 손으로 뭘 하게?"
강만리는 눈살을 찌푸리며 말했다. 화군악이 웃으며 끼어들었다.
"설 형님이 저리도 확실하게 보증하는 걸 보면 두 분은 이제 부부라고 해도 과언이 아닐 것 같군요."
아라가 흉기처럼 커다란 가슴을 내밀며 으쓱거렸다.
"그렇다. 나와 이이는 부부다. 아직 혼사는 치르지 않았지만."
"축하합니다, 형수."
화군악의 말에 아라는 방긋 웃으며 말했다.
"고맙다."
화군악이 고개를 외로 꼬며 중얼거렸다.
"하지만 그렇다면 화평장에서 독수공방(獨守空房)하면서 외로이 설 형님을 기다리고 있을 그녀는 어찌합니까, 이제?"
"그녀? 그녀라니!"
설벽린이 발끈했다. 아라는 더욱더 발끈했다.
"계집이 있었나? 내게는 총각이라 하지 않았나?"
"아니, 총각이야. 확실한 총각. 아직 누구와도 혼인한

적이 없는 진짜 총각이라고."

설벽린은 당황하여 하마터면 혀를 씹을 뻔했다.

그러나 아라는 설벽린의 해명에 전혀 수긍하는 기색이 아니었다.

"그럼 당신을 기다리고 있다는 그 계집은 뭐야?"

"그건 저 녀석, 군악의 짓궂은 농담에 불과하다고. 그리고 아란, 그녀는 나와 아무런 상관이 없어. 아니, 나만 보면 잡아먹으려고 하거든."

"당신을 잡아먹으려고 해? 나처럼?"

"아니, 그런 뜻이 아니라니까!"

설벽린은 답답하고 울화가 치밀어 어찌할 바를 모르겠다는 얼굴로 소리쳤다.

"내가 그녀의 조직을 무너뜨리고 그녀의 명성과 앞날을 박살 냈거든! 그래서 틈만 나면 날 죽이려 한단 말이지!"

"아, 그럼 당신의 적이겠네?"

"그렇지."

설벽린은 아라의 수그러든 표정에 겨우 한숨을 돌리며 고개를 끄덕였다.

아라는 잠시 생각하다가 암호랑이처럼 매섭게 눈빛을 반짝이며 말했다.

"그럼 내가 그녀를 죽여도 되겠지?"

"물론…… 응? 아란을 죽여? 왜?"

"당신 적이니까. 당신의 적은 곧 내 적. 당연히 내가 죽여야 할 의무가 있는 거다."

"아니, 그건 또 그러니까……."

설벽린이 할 말을 찾지 못해 더듬거릴 때, 화군악이 다시 고개를 갸우뚱하며 입을 열었다.

"그리고보니 공교롭기는 하네요. 아란, 아라. 두 분의 이름이 어찌 이리 비슷할까나?"

"군악!"

설벽린이 자리를 박차고 일어서며 버럭 소리쳤다.

"진짜 너 죽어 볼래?"

화군악이 항복한다는 듯 두 손을 활짝 펴며 고개를 저었다. 여전히 그의 입가에는 싱글거리는 미소가 매달려 있었다. 설벽린의 눈가에 살기가 뚝뚝 흘렀다.

"그만하자."

강만리가 중재에 나섰다.

"네가 너무 심했다. 벽린에게 사과해라."

화군악은 그제야 미소를 거두고 진지한 표정을 지으며 고개를 숙였다.

"장난이 지나쳤습니다, 설 형님."

설벽린은 씩씩거리다가 애써 화를 눌러 참으며 자리에 앉았다.

강만리가 말했다.
"좋아. 벽린 네가 보증한다고 했으니 아라 소저도 동행하기로 하자."
설벽린의 얼굴이 그제야 처음으로 펴졌다.
하지만 이내 다시 그의 표정이 추악해 보일 정도로 일그러졌다. 아라가 싫다는 듯 한마디를 던졌기 때문이었다.

3장.
강만리, 빙궁을 나서다

화군악은 스스로를 믿지 못했다.
긴박하고 다급한, 목숨이 달린 상황에서
자신이 어떤 선택을 할지 본인도 장담할 수가 없었다.
그랬다. 바로 그 불안감이 더욱 그를 긴장하게 만들고 있었다.

강만리, 빙궁을 나서다

1. 같은 편

"죄송합니다. 화평장은 다른 자의 소유가 되어 있었습니다."
"음? 뭐라고?"
"작년 구월(九月)쯤 주변 시세보다 매우 싸게 나와서 샀다고 지금의 주인이 그렇게 말했습니다. 확인 결과, 그의 말은 사실이었습니다."
"하지만 화평장은 강만리의 부탁을 받은 계집이 지키고 있지 않았느냐?"
"네. 그녀는 화평장을 팔고 야반도주하듯 잠수했습니다. 자신이 만든 정보 조직인 연풍회도 해체하고, 또 화평장을 지키던 무사들도 모두 해임했습니다. 파면하는 자리에서 그들에게 상당한 돈을 위로금 조로 주어서 대부분의 무사들이 모두 만족한 상태로 그만두었다고 합니다."

"허어, 이게 무슨 일인가?"

허 노야는 입맛을 다셨다.

몇 달 자리를 비운 사이에 성도부의 상황이 생각보다 많이 달라져 있었다.

"아란이라고 했던가, 그 계집?"

"네. 원래 흑개방 소속이었으나 크게 사고를 친 후 화평장의 일원이 된 걸로 압니다."

"으음. 만리 그 녀석이 믿고 맡길 정도라면 꽤 신임이 두터웠다는 건데…… 하루아침에 만리를 배신하고 모든 걸 팔아넘긴 채 잠수했다고?"

허 노야가 도저히 믿어지지 않는다는 얼굴로 묻자 루호는 공손하게 허리를 숙인 채 말했다.

"그게…… 아무래도 십삼매로부터 뭔가 이야기를 들은 모양입니다."

"십삼매?"

"네. 여러 정보를 종합해 본 결과, 아란은 십삼매와 독대한 이후 한 달 만에 화평장과 그 일대를 팔고 이곳을 떠났습니다. 즉, 십삼매가 따로 언질을 주었거나 혹은 협박했거나 둘 중 하나일 것 같습니다."

"아니, 십삼매가 그깟 계집에게 따로 언질을 줄 게 뭐가 있는데? 또 협박은 무슨 놈의 협박?"

"아란이 연풍회를 적극적으로 키우려고 했습니다. 그 과정에서 십삼매의 황계와 약간의 충돌이 있지 않았나 추측됩니다. 아무래도 십삼매가 있는 이 성도부에서 황계가 아닌 또 다른 정보 조직을 키운다는 건 확실히 무리가 있으니까요."

"흠."

일리가 있었다.

확실히 성도부에는 황계가 아닌 다른 정보 조직이 들어서지 못했다. 심지어 황계의 호적수라 할 수 있는 흑개방조차 감히 성도부에는 분타나 지부를 설립할 엄두조차 내지 못했다. 그런 와중에 연풍회라니.

사실 연풍회는 지난날 철목가의 이목을 어지럽히기 위해 만들어진 임시 조직이었다. 그런데 흑개방 출신이었던 아라는 그 연풍회를 황계와 흑개방에 버금가는 정보 조직으로 키울 야심을 가지고 있었다.

아마 아란의 그런 야심을 알고 십삼매가 미리 제거한 것인지도 모른다.

거기까지 생각이 미친 허 노야의 눈빛이 반짝였다.

"어쩌면 잠수는 거짓이고, 십삼매가 죽인 게 아닐까?"

"그럴 가능성도 없지는 않습니다만……."

루호는 담담하게 대답했다.

"아이들을 풀어서 계속 조사 중이니 뭔가 답이 나올 겁니다. 그때까지는 어느 것도 확신할 수 없다고 생각합니다."

"흠, 어쨌든 골치가 아파졌구나."

　허 노야는 인상을 찌푸리며 말했다.

"소야가 백노와 혈노를 죽인 자가 누구인지 알아 오라고 하도 성화를 부리기에, 아란 그 계집을 내세우려고 했더니……. 도대체 이런 상황에서 잠수가 웬 말이냔 말이다."

　소야 위천옥은 성도부로 오는 내내 백노와 혈노를 죽인 자를 내놓으라면서 허 노야를 닦달했다. 견디다 못한 허 노야는 결국 자신의 이름을 걸고 반드시 찾겠다고 말했다.

　하지만 그렇다고 해서 강만리를 내놓을 수는 없었다. 비록 마음에는 들지 않지만 강만리와 그의 형제들은 맡은 바 임무를 훌륭하게, 아니 매우 훌륭하게 수행하는 중이었다.

　이 와중에 '강만리가 범인입니다'라고 밝힌다면 그야말로 다 된 죽에 콧물 빠뜨리는 격이 되고 말 터였다.

　그래서 허 노야는 위천옥의 시선을 돌리기 위해 아란과 화평장을 떠올렸다.

　화평장에는 아직도 고문실이 남아 있을 터였다. 아란을

죽인 후, 위천옥에게 그 시신과 함께 화평장을 보여 준다면 어느 정도 수긍하지 않을까 싶었던 것이었다.

－죄송합니다. 반드시 사로잡으려고 했는데 뜻밖에 혀를 물고 자결하는 바람에 그만…….

뭐, 변명은 그 정도면 충분했다. 아무리 위천옥이라 할지라도 설마 혀를 깨물어 죽은 시신까지 수상쩍게 생각하지는 않을 테니까.

하지만 그 모든 꼼수는 아란의 잠수로 인해서 모두 물거품이 되었다.

그리고 아란이 사라진 이상, 또 다른 대안을 찾아야 했다. 누군가 강만리를 대신할, 그리고 잠수한 아란을 대신할 만한 자가 필요했다.

"흐음."

허 노야는 입맛을 다시며 중얼거렸다.

"사실 십삼매만 한 적임자는 없는데 말이지. 아예 이참에 십삼매를 죽이고 황계를 접수해 봐?"

일순 고개 숙인 루호의 눈빛이 희미하게 반짝였다.

　　　　　　＊　＊　＊

일은 고약하게 진행되었다.

설벽린은 억울하고 황당하다는 표정이었지만 대세를

따를 수밖에 없었다.

게다가 다시 생각해 보니 의외로 나쁘지 않은 것 같았다. 어찌 되었든 아라와 화평장 여인네들이 한자리에 모일 시간을 주지 않을 수 있었으니까.

그 고약한 일은 아라로부터 비롯되었다.

"물론 내 남편도 같이 가야 해."

그건 강만리가 칸과 만나러 가는 길에 아라를 동행하겠다는 말이 있고 난 직후의 발언이었다.

"음? 그건 또 왜?"

강만리의 눈이 휘둥그레졌다.

"아니, 나는 또 왜?"

설벽린이 발끈하며 물었다. 아라는 당연하다는 듯한 얼굴로 말했다.

"너는 내 남자니까, 언제나 나와 함께 있어야지. 괜히 혼자 놔뒀다가 다른 계집들이 눈독을 들이면 어쩌려고? 그 아란이라는 계집처럼 말이야."

"아란과는 아무 관계가 아니라니까!"

"하여튼 같이 간다. 앞으로, 쭉, 영원히."

"이런."

설벽린은 양손으로 머리를 감싸쥐었다. 화군악이 다시 웃으며 입을 열었다.

"아니, 도대체 무슨 일이 있었기에 형님이 그렇게 꼼짝도 하지 못하는 겁니까?"

나찰염요도 덩달아 웃으며 말했다.

"어서 빨리 회의를 마치고 아라 아가씨와 차를 마시고 싶다니까."

난감해하던 설벽린의 표정이 달라졌다. 자칫 더 난감한 상황이 벌어질 수 있었다.

설벽린은 이내 고개를 들고 아라를 보며 말했다.

"그럼 당신은 항상 나와 같이 있겠소?"

"당연하지. 부부란 그런 거다. 사냥을 할 때도, 음식을 먹을 때도, 잠을 잘 때도 언제나 같이 있는 거다."

"좋소. 그럼 당신과 함께 칸을 만나러 가겠소. 그러니 얼른 방으로 돌아가 짐을 꾸립시다. 내일 당장 떠나야 하니 한가로이 차를 마시고 있을 시간이 없소."

"잘되었다. 나는 원래 차는 좋아하지 않는다. 술이라면 몰라도."

아라가 유쾌한 표정으로 고개를 끄덕이자 설벽린은 강만리를 돌아보며 빠르게 말했다.

"일이 이렇게 되었습니다. 그럼 저와 아라가 함께 강 형님을 모시고 칸을 만나러 가겠습니다."

"아니, 그게……."

"그럼 우리는 짐을 꾸리기 위해서 이만. 내일 아침 일찍 뵙겠습니다."

설벽린이 벌떡 자리에서 일어났다. 아라도 눈치껏 그를 따라 자리에서 일어났다.

강만리가 말릴 새도 없이, 나찰염요나 화군악이 입을 놀릴 새도 없이 두 사람은 곧장 대청을 떠나 이 층 계단을 올랐다.

"허어. 떡 줄 사람은 생각조차 하지 않았는데 말이지."

강만리는 길게 한숨을 쉬며 투덜거렸다.

"뭐, 가고 싶다는 데 가도록 해야죠. 같이 가죠."

화군악이 말했다. 강만리가 눈을 동그랗게 떴다.

"어라? 죽어라 놀릴 때는 언제고 또 갑자기 벽린 편은 왜 드는데?"

"편을 들다니요? 애당초 우리 모두 같은 편이 아니었던가요? 그러니 편을 들고 말고 할 게 어디 있습니까?"

우문현답(愚問賢答)이었다.

강만리는 멍한 얼굴이 되었고 사람들은 다들 감탄한 눈빛으로 화군악을 바라보았다.

그중에는 그의 아내 정소흔도 있었다. 그녀는 묘한 눈빛으로 자신의 남편인 화군악의 잘생긴 옆모습을 가만히 쳐다보았다.

엉망진창의 회의가 끝난 후 각자 다들 방으로 돌아갔다. 강만리는 조금 더 생각할 게 있다면서 대청에 홀로 남아 차를 마시고 있었다.

그때였다. 전혀 예상하지 않은 불청객이 강만리를 찾아온 것은.

2. 나도 가겠네

자기 키만 한 곰방대를 들고 찾아온 딸기코의 노도인(老道人)은 다름 아닌 고묘파의 단봉 진인이었다.

"아니, 이 밤중에 어쩐 일이십니까?"

강만리는 그를 자리로 안내하며 물었다. 단봉 진인은 텅 빈 대청을 둘러보고는 힐끗 이 층으로 시선을 돌리며 입을 열었다.

"회의는 다 끝나셨는가?"

"아, 네. 조금 전에 끝났습니다."

"그럼 잘 맞춰 왔군그래."

단봉 진인이 자리에 앉자 강만리가 차를 대령했다. 단봉 진인이 웃으며 찻잔을 밀어냈다.

"허허, 사내대장부들끼리 마주 앉아서 차는 무슨."

"역시 술이죠?"

강만리는 시중들던 시녀에게 술과 술잔, 그리고 남은 요리를 주문했다.

이제나 저네나 잘 수 있을까, 강만리가 올라가기만을 학수고대하던 어린 시녀는 속으로 투덜거리면서 황급히 주방으로 달려갔다.
　그녀가 술병과 술, 요리를 내오자 강만리는 그 속내를 들여다본 것처럼 웃으며 말했다.
　"수고했다. 이제 가서 쉬어도 좋다. 여기는 내가 알아서 치울 테니까."
　시녀는 새어 나오는 웃음을 억지로 감추며 허리를 숙이고는 그대로 몸을 돌려 대청을 빠져나갔다.
　강만리와 고봉 진인은 연거푸 석 잔씩의 술을 따라 마셨다. 강만리가 술잔을 내려놓으며 말했다.
　"고묘파분들은 잘 지내시는지요? 요즘 정신없이 바빠서 인사도 드리지 못했습니다."
　"잘 지내네. 그 험하고 황량한 유주에서도 잘 지냈는데 이렇게 사람 많고 활기찬 곳에서 어찌 잘못 지내겠는가? 다들 이곳 생활에 만족하고 있으니 너무 걱정하지 말게."
　"그럼 어쩐 일로?"
　"아, 내일 자네 칸과 만나기 위해 빙궁을 떠난다고 들었는데 사실인가?"
　"네. 그렇습니다."
　강만리는 살짝 불안한 기색이 되었다. 설마 고봉 진인도 느닷없이 그 칸을 만나고 싶다면서 동행을 요구하는 게 아닐까 싶었던 까닭이었다.

고봉 진인은 다시 술을 따라 마신 후 입을 열었다.

"힘들겠군. 조심하게나."

"아, 네. 감사합니다."

그제야 강만리의 얼굴이 밝아졌다. 고봉 진인이 다시 한 잔의 술을 따라 마시고 입을 열었다.

"그런데 또 내일 아호가 중원으로 떠난다면서?"

"아아…… 네. 그런데 도대체 그런 소식들은 어떻게 아시는 겁니까?"

"어떻게 알기는. 빙궁 사람 중 모르는 이가 없는데."

'이런.'

강만리는 저도 모르게 엉덩이를 긁적였다. 아무래도 조금 더 신경을 써야겠다는 생각이 들었다.

누구도 알면 안 되는 비밀까지는 아니더라도 어쨌든 아는 사람이 적으면 적을수록 좋은 이야기들이었다. 그런데 빙궁 사람 중 모르는 사람이 없다니.

"나도 가겠네."

강만리가 잠시 다른 생각을 하는 동안 고봉 진인이 단도직입적으로 말했다.

강만리는 무슨 말인지 제대로 듣지 못했다는 듯 고개를 갸우뚱거리며 물었다.

"네?"

"나도 아호와 함께 중원으로 가겠다는 말이네."
"고봉 진인께서요?"
강만리의 눈이 커졌다. 그 좁쌀만 한 눈이 이날 하루 도대체 몇 번이나 커지는지 알 수가 없었다.
"아니, 중원에는 갑자기 왜……."
"그건 두 가지 이유가 있다네."
고봉 진인은 다시 술잔을 비웠다. 술을 따르려고 호리병을 드니 벌써 텅 비어 있었다. 강만리는 주방으로 가서 호리병 세 개를 들고 돌아왔다.
'설마 이러다가 장인이나 모용가주까지 해서 빙궁 사람 전부 다 따라가겠다고 나서는 건 아니겠지?'
강만리는 엉뚱한 생각을 하면서 자리로 돌아와 고봉 진인에게 술을 따랐다.
고봉 진인은 연거푸 석 잔의 술을 마신 후 술잔을 내려놓았다. 그러는 동안 고봉 진인은 단 한 점의 요리도 맛보지 않았다.
"어라, 방금 어디까지 이야기했더라?"
"두 가지 이유가 있다고 하셨습니다."
"아, 그렇지. 두 가지 이유. 그러니까……."
고봉 진인은 입맛을 다시며 다시 술을 마셨다. 소맷자락으로 입을 훔친 후 고봉 진인은 천천히 이야기를 꺼냈다.

"그중 하나는 기존 고묘파 사람들의 소식을 듣고자 하는 것이네."

강만리가 그럴 줄 알았다는 듯한 표정을 지으며 말했다.

"그건 진 당주나 다른 사람에게……."

"물론 다른 사람들에게 알아보라고 할 수도 있겠지만, 그보다 내 귀로 직접 듣고 내 눈으로 직접 확인하고 싶다네. 그게 우리 고묘파 사람들의 총의(總意)라네. 단지 대표로 내가 뽑혔을 뿐, 다들 자신의 눈과 귀로 확인하고 싶어 한다네."

"으음."

"그런데 내가 왜 뽑혔는지 아나? 내내를 비롯한 다른 사람들도 많은데 말일세."

"글쎄요."

"그게 두 번째 이유라네. 축융문에 아는 사람이 있거든."

"네?"

강만리의 눈이 또 한 번 동그랗게 변했다.

고봉 진인은 다시 술잔을 비운 후 입을 열었다.

"꽤 오래전의 인연이라 그 친구가 살아 있는지 죽었는지 알지 못하네. 하지만 나도 이렇게 살아 있으니 아마 그 친구도 건강할 게야. 술독에 빠져서 살아가는 나보다 훨씬 더 말이지."

고봉 진인은 부끄럽다는 듯이 웃으며 말을 이었다.

"어쨌든 그 친구가 아직 축융문에 있다면…… 그들을 설득하는 데 있어서 아마도 나름대로 도움이 될 걸세. 나와 그 친구, 그리 섭섭하지 않게 헤어졌었으니까."

"아, 그렇다면야……."

강만리의 머리가 빠르게 회전했다.

안 그래도 축융문을 설득해서 화약과 폭탄을 받아 오는 일이 그리 만만하지 않을 거라고 생각하던 참이었다. 뭔가 지푸라기라도 있으면 잡고 싶은 심정이었는데, 때마침 굵은 동아줄이 내려온 것이었다.

"그런데 괜찮으시겠습니까? 행여 모산파 사람들이나 옛 고묘파 지인들이 알아보기라도 한다면……."

"허허, 우리는 이런 게 있지 않은가?"

고봉 진인은 손을 들어 얼굴을 훑어 내렸다. 놀랍게도 그 순간 고봉 진인의 얼굴이 전혀 달라져 있었다. 가면이나 색을 칠한 것도 아니었는데, 전혀 알지 못하는 사람이 강만리의 맞은편 자리에 앉아 있었다.

그 일련의 모습은 봐도 봐도 믿어지지 않는, 절로 감탄만 하게 되는 광경이었다.

"역시 대단하십니다."

강만리는 감탄하여 말했다.

"구기의 달인이라고만 알고 있었는데 알고 보니 변검

술에도 일가견이 있으셨군요?"

"이 정도는 그저 흉내만 낸다고 봐야겠지. 고공 그 늙은이는 기침 한 번으로도 얼굴이 바뀌니까."

"그럼 나중에 고공 진인께 변검술을 배워 봐야겠습니다."

강만리의 말에 고봉 진인이 눈웃음을 흘리며 물었다.

"그래, 내게 배운 구기는 많이 늘었고?"

강만리는 머리를 긁적이며 말했다.

"전혀요. 연습할 시간도 없었습니다."

"이런, 쯧쯧. 아호보다도 못한 사람 같으니라고. 아호는 그 바쁜 와중에도 구기니 변검술이니 하는 것들까지 모두 제대로 착실하게 수련하고 있다고."

"담호야 원래 그런 녀석이니까요. 그 아이와 비교하면 세상 사람 누구를 데리고 와도 다 게으름뱅이가 되고 말 겁니다."

"흐음. 하기야 견실하고 착실한 건 천하제일이지."

고봉 진인이 고개를 끄덕이며 말했다. 이내 강만리와 고봉 진인은 담호에 대해서 한참이나 대화를 나눴다.

십여 년 후에는 담호를 중심으로 세상이 돌아갈지도 모르겠다는 이야기 끝에, 고봉 진인이 "끄응." 하며 몸을 일으켰다.

"벌써 가시게요?"

"내일 일찍 출발하려면 조금이라도 잠을 자 둬야지. 오랜 여정일 테니 말일세."

강만리는 그를 배웅하러 일어서다가 문득 탁자 위의 호리병을 힐끗 바라보았다.

어느새 네 개의 호리병이 모두 텅 비어 있었다. 강만리가 처음 석 잔을 마신 후 한 잔을 따라 둔 상황이었으니, 그 나머지 전부를 고봉 진인이 비운 것이었다.

'정말 술꾼이로구나.'

강만리는 혀를 내두르며 그를 배웅했다.

* * *

"내일 떠나."

화군악은 잠자리에 누운 채 혼잣말처럼 중얼거렸다.

"칸을 만나러 가는 거지. 여진족의 마왕(魔王)이라고 알려진 칸 말이야. 그러니 어쩌면 다시 돌아오지 못할지도 몰라. 나름대로 무공에 자신이 있기는 하지만, 그래도 백만 대군이니까. 그리고 백만 대군을 다스리는 마왕이니까."

정소흔은 이미 잠들었는지 화군악의 곁에 누워 이불을 덮은 채 새근거리고 있었다. 화군악이 길게 한숨을 쉰 다음 다시 천천히 말을 이어 나갔다.

"나 혼자라면 어떻게든 살아서 돌아오겠는데, 하필이면 벽린 형님과 아라, 그리고 강 형님과 함께 간단 말이지. 그들 세 명의 목숨까지 지키려면…… 글쎄, 모르겠다. 과연 내가 얼마나 힘을 내야 그들을 지킬 수 있을지 말이야."

화군악의 말은 진심이었다.

지금껏 살아오면서 이렇게까지 긴장한 건 처음이었다. 무당파에 잠입했을 때도, 무당파 장문인과 드잡이질을 벌였을 때도 화군악은 절대 이렇게 긴장하지 않았다.

그건 화군악이 만약 상황이 아니다 싶으면 상대가 누구이든 반드시 도망칠 수 있다는 자신감을 지니고 있었기 때문이었다.

하지만 이번에는 달랐다. 만일의 경우, 강만리와 설벽린, 아라를 지키면서 도망쳐야 했다.

과연 그럴 수 있을까. 자신의 목숨을 버리는 한이 있더라도 그들을 지켜 줘야 하는데, 정작 그들을 외면하고 혼자 도망치려고는 하지 않을까.

화군악은 스스로를 믿지 못했다.

긴박하고 다급한, 목숨이 달린 상황에서 자신이 어떤 선택을 할지 본인도 장담할 수가 없었다.

그랬다. 바로 그 불안감이 더욱 그를 긴장하게 만들고 있었다.

강만리, 빙궁을 나서다 〈95〉

그때였다.

이불이 들썩이는가 싶더니 잠들어 있는 줄 알았던 정소흔이 손을 뻗어와 가만히 화군악의 손을 쥐었다. 그녀가 낮은 목소리로 희미하게 말했다.

"나는 당신을 믿어요."

화군악이 그녀의 손을 꼭 잡았다. 정소흔의 속살거리는 목소리가 계속 들려왔다.

"당신은 겉과 달리 속정이 깊어요. 단지 그게 부끄럽고 쑥스러워서 일부러 더 장난치고 짓궂은 행동을 하는 것뿐이에요. 당신은 누구보다도 더 올곧으며 강해요. 그러니 당신이 생각한 대로, 믿는 대로 행동하세요. 그게 최선의 결과를 가져올 테니까요."

화군악은 묵묵히 듣다가 불쑥 몸을 일으켜 그녀 위로 올라탔다. 그녀는 거부하지 않고 두 팔로 그를 껴안았다.

화군악의 입술이 그녀의 입술을 누르고, 화군악의 전신이 그녀의 전신을 압박했다.

뜨거운 열기가 순식간에 방 안 가득 피어올랐다. 정소흔의 달뜬 신음과 쾌락에 겨운 숨소리가 연신 화군악을 자극하는 가운데, 화군악은 그 어느 때보다도 더 지독하고 강렬하게 그녀의 몸속으로 파고들었다.

마치 지난날 양성구유(兩性具有)였던 한조와 정사(情事) 대결을 벌였을 때처럼, 아니 그보다 더 뜨겁고 끈질기고 집요하게 정소흔의 몸을 농락했다.

 정소흔은 연신 흐느끼면서 격한 고함을 지르기도 했고 새된 비명을 지르기도 했다.

 그렇게 쾌락의 절정에 다다른 그녀는 몇 번이나 까무러쳤다가 깨어나기를 반복하다가, 마침내 전신에 경련을 일으키며 축 늘어졌다.

 화군악은 그제야 비로소 짐승 같은 소리를 내면서 그녀의 몸 깊은 곳에 자신의 모든 걸 한껏 쏟아부었다.

 화군악의 몸이 통나무처럼 경직되었고, 정소흔은 두 다리를 활짝 벌린 채 그런 화군악의 모든 것을 받아들였다.

 천당 같은 쾌락, 지옥 같은 쾌락이 교차하는 정사는 그렇게 막이 내렸다.

 정소흔은 힘겹게 손을 들어 화군악의 땀에 흠뻑 젖은 등을 가만히 어루만졌다. 그리고 역시 힘없는 목소리로 화군악의 귀에 대고 소곤거렸다.

 "내일 새벽까지 시간이 되세요?"

 '졌다.'

 화군악의 얼굴이 일그러졌다.

 '나는 이제 돌아누울 기력조차 없는데.'

 화군악은 새삼 여자들의 정력, 음욕에 대해 감탄을 금치 못하면서 입을 열었다.

 "당신이 원한다면 얼마든지."

"좋아요."

정소흔이 배시시 웃으며 소곤거렸다.

"그럼 이제 무당파의 여식이 아닌 당신의 아내로서, 구결 하나를 들려 드릴 테니 새벽까지 꼭 외우셔야 해요."

화군악의 일그러졌던 얼굴이 활짝 펴지는 순간이었다.

3. 헤어지는 사람들

다음 날 새벽.

빙궁 정문 입구는 저잣거리처럼 북새통을 이뤘다. 빙궁을 나서는 두 무리와 그들을 배웅하기 위해 나선 수백 명의 사람이 한데 뒤엉켜 아쉬운 작별의 시간을 나눴다.

애당초 계획했던 것보다 떠나는 자의 수가 늘었다.

담호의 경우에는 당주 진재건, 일노, 강호오괴에 초목아, 그리고 고봉 진인이 합류했다. 그들은 각자 봇짐 하나씩을 들었는데, 일노와 진재건의 봇짐에는 황금 백만 냥에 해당하는 보주와 금원보가 가득 들어 있었다.

강호오괴는 사람들이 몰려나와 환송하는 게 매우 기쁘고 즐거운 모양이었다. 사람들을 향해 연신 손을 흔들거나 혹은 손을 마주 잡아 주면서 한껏 이 시간을 즐기고 있었다.

강만리 일행 역시 사람들이 제법 늘어나 있었다. 화군악과 단출하게 떠난다는 처음 계획은 확실히 무리였다.

"여진의 왕인 칸과 만나는 자리다. 그에 걸맞은 예물을 준비했으니 가지고 가도록 하라."

빙룡왕의 지엄한 분부와 모용천강의 말 없는 눈빛의 압박을 견디지 못하고 강만리를 고개를 숙였고, 그 결과 다섯 대의 수레와 이십 명의 빙궁 무사가 합류했다.

거기에 여진의 대장은 물론 설벽린과 아라까지 동행하게 되었으니 그야말로 일단(一團)의 무리가 되어 버린 것이었다.

"그럼 슬슬 출발하지."

먼저 말에 올라타 있던 강만리가 살짝 짜증을 부리며 말했다.

그제야 사람들이 배웅 나온 이들과 떨어져 말에 올랐다. 담호들도 말에 올랐다.

"그럼 출발하자!"

그가 크게 외치자 사람들의 행렬이 좌우로 갈라지며 길이 열렸다.

강만리와 화군악, 설벽린과 아라, 대장이 앞서고 그 뒤를 따라 각각 두 필의 말이 끄는 다섯 대의 수레가 움직였다.

수레에는 두 명의 무사가 앉아서 말을 몰며 수레를 지

켰다. 그리고 다시 열 명의 무사가 말을 탄 채 천천히 수레 뒤를 따랐다.

담호 일행도 바로 출발했다. 그들은 천천히 말을 몰아 강만리 일행과 나란히 늘어서 움직이기 시작했다.

강만리는 칸이 기다리고 있을 동쪽 끝자락으로, 그리고 담호는 서쪽 중원으로 가야 하는 입장이었지만 그 여정이 갈라지기까지는 며칠 정도의 여유가 있었다.

북해에서 남쪽으로 아포락낙부산맥(雅布洛诺夫山脉: 야블로노비 산맥)을 지나 다시 광활한 벌판을 이동하여 대흥안령산맥을 넘으면 '흰색의 성결한 호수'라는 뜻을 지닌 사간포가 나온다.

그 사간포에서 길이 동서(東西)로 갈라지니, 적어도 닷새에서 길면 열흘까지 두 무리의 여정은 함께 이어졌다.

"어째 얼굴이 누렇게 떴다?"

강만리는 화군악의 얼굴을 유심히 바라보며 말했다. 그들을 태운 말은 천천히, 느릿하게 움직이고 있었다.

"게다가 눈 밑은 시꺼멓게 타들어 간 것이, 마치 양기를 모두 빨려서 곧 죽을 사람처럼 보이네."

강만리의 말에 화군악이 헤헤 웃으며 말했다.

"이게 다 원하는 걸 얻기 위해 부단히 노력한 결과의 표식이죠."

"그건 또 무슨 소리냐? 응? 심법을 익힌 게냐? 제수씨가 결국 고집을 꺾었어?"

 강만리는 그렇게 말하는 도중 계속해서 떠오르는 생각이 있었는지 제 무릎을 탁 치며 껄껄 웃었다.

 "하하하. 하기야 부부싸움을 해소하는 방법 중 잠자리처럼 좋은 게 없기는 하지. 뭐, 따귀를 맞기에도 가장 좋은 방법이기도 하지만 말이야."

 "사실 저는 그럴 생각이 없었다고요. 그저 내 마누라가 순진하고 착해서 내가 풀 죽어 하니까 위로해 줬을 뿐이에요."

 "거짓말. 다 네가 의도한 거잖아?"

 "아휴, 도대체 형님은 저를 어떻게 보는 겁니까?"

 "어떻게 보기는. 군악처럼 보지."

 "하여튼 이번은 달라요. 그녀가 먼저 손을 내밀었고, 또 그녀가 먼저 말했으니까요. 나는 절대 조르거나 애원하지 않았다고요."

 "그래그래. 역시 제수씨는 선녀 같은 마음씨를 지녔다. 네 그 시커먼 속마음을 다 알면서도 그렇게 넘어가 준 걸 보면 말이다."

 "아, 진짜 형님과는 뭔 말을 못하겠다니까요."

 화군악은 말 머리를 돌려 담호에게로 향했다. 담호는 초목아와 어깨를 나란히 한 채 말을 몰며 담소를 나누고 있었다.

그 다정한 모습을 본 화군악은 괜히 끼어들기 민망했는지 다시 말 머리를 설벽린에게로 향했다.

"왜?"

설벽린이 불퉁하게 묻자 화군악은 당황해하며 물었다.

"뭐가 왜입니까?"

"그렇게 날 흉보고 놀리고 그래 놓고서 이제 와 친한 척하려고?"

"참, 형님도. 그래도 저 덕분에 이렇게 두 분이 다정스레 함께할 수 있게 된 거 아닙니까?"

"고맙다, 도련…… 도련님?"

아라가 고개를 갸웃거리며 말했다. 화군악이 웃으며 고개를 끄덕였다.

"맞아요, 도련님. 그렇게 말씀하시면 됩니다, 형수."

아라가 활짝 웃었다.

형수나 도련님 같은 단어는 이곳 빙궁에 와서 익힌 단어들이었다. 예예나 나찰염요가 화평장 사내들을 부를 때, 또 화군악이나 설벽린이 나찰염요를 부를 때 사용하는 호칭을 기억하고 외웠던 것이었다.

"형수라니, 퍽 좋기도 하겠다."

설벽린이 투덜거리자 아라는 사내처럼 껄껄 웃더니 길고 우람한 팔을 들어 설벽린을 감싸 안으며 말했다.

"사내가 계집처럼 삐치고 그러는 거 아니다."

화군악이 저도 모르게 웃었다. 일순 등 뒤에서 강만리의 목소리가 들렸다.
"그래. 사내가 계집처럼 삐치고 그러는 거 아니다."
　이번에는 설벽린이 웃었다.

　오후가 되었다.
　잔병들이 숨어 있던 숲이 보였다. 강만리가 말을 건네기도 전에 앞이 전혀 보이지 않는 대장이 먼저 입을 오므리고 새소리를 냈다.
　얼마 지나지 않아 숲에서 두 명의 잔병이 튀어나왔다. 그들은 대규모 행렬을 보고는 가볍게 눈살을 찌푸렸다.
"칸에게 바치는 예물이다."
　강만리의 말을 대장이 통역하자, 그제야 잔병들은 흡족한 표정을 짓고는 선두에서 걷기 시작했다.
"말을 타라고 하지. 저렇게 걸으면 늦을 텐데. 아니, 그보다 먼저 지쳐서 멀리 가지 못할 텐데."
　화군악의 말에 대장이 킬킬거리며 웃더니 여진어로 잔병들에게 뭐라 이야기했다.
　잔병들도 어깨를 들썩이며 소리 없이 웃었다. 그러고는 손짓으로 뭔가 이야기했고, 대장이 통역했다.
"반나절 말을 달려서 자기보다 멀리 갈 수 있다면 평생 네놈의 하인이 되겠다는구나."

화군악이 피식 웃었다.

"내 하인이 되겠다는 사람이 왜 이리 많은 거야?"

그렇게 중얼거린 화군악은 이내 고개를 저으며 말했다.

"아니, 굳이 그럴 필요 없다고 전해 줘. 당신들 두 사람이 얼마나 빠르고 강인한지 인정할 테니까 말이야."

강만리의 눈이 휘둥그레졌다.

"무슨 일이냐? 네가 내기를 회피하다니 말이다. 설마 내일 해가……."

"서쪽에서 뜰 일은 없고요. 그저 칸을 만나기 전까지 반드시 해야 할 일이 있기 때문입니다."

화군악은 그렇게 말한 후 두 눈을 지그시 감았다. 더는 강만리와 말을 섞지 않겠다는 행동이었다.

강만리는 어깨를 으쓱거리고는 두 잔병의 안내에 따라 말을 몰았다.

꽃이 피는 삼월도 어느덧 중순 가까이 지났지만 여전히 북해 일대는 얼음과 눈으로 뒤덮여 있었다.

일반적인 경우라면 말을 타고 그 얼음으로 뒤덮은 험준한 산을 넘는 건 절대 쉬운 일이 아니었으나, 강만리와 담호 일행이 타고 있는 말은 평범한 말이 아니었다.

이곳 북해에서 나고 자란 말들답게, 말들은 마치 산책로를 걷듯 쉽고 편하게 험준한 산을 넘었다.

그렇게 두 개의 산맥을 지나자 이윽고 드넓은 호수가 희미하게 시야에 들어왔다. 빙궁을 떠난 지 엿새 만의 일이었다.

"슬슬 헤어질 때가 되었군."

강만리가 담호에게 말했다. 담호는 허리를 숙였다.

"보중(保重)하십시오."

강만리가 미소를 머금었다.

벌써 담호에게 그런 소리를 듣게 되다니. 강만리가 나이를 먹은 걸까, 담호가 훌쩍 성장한 것일까.

강만리는 부드럽고 인자한 눈빛으로 담호를 바라보며 입을 열었다.

"유주를 지나칠 때 네 사부를 뵙거라. 하루가 급한 일이기는 하지만 그렇다고 해서 사부조차 뵙지 못할 정도는 아니니까."

"그리하겠습니다."

"하지만 다른 곳에서는 시간을 빼앗기면 안 된다. 특히 강호오괴의 장난질에 넘어가면 절대 안 된다. 알겠지?"

"명심하고 있습니다."

"그래. 그럼 이른 시일 내에 다시 보자꾸나."

강만리의 인사가 끝나자 이번에는 화군악이, 그리고 설벽린과 아라가 차례로 찾아와 담호와 그 일행에게 작별 인사를 고했다.

그리하여 사간포를 지나기 전, 강만리 일행은 동쪽 그러니까 멀리 대망회랑으로 이어지는 길을 따라 말을 몰았다.

반면 담호 일행은 서쪽 유주의 스산한 황야로 향하는 길로 접어들었다.

그렇게 두 무리가 헤어졌다.

4장.
담호, 강호오괴와 내기하다

담호는 그런 강호오괴를 바라보며 싱긋 웃고는 자신도 펑국을 마셨다.
역시 사부의 펑국이었다.
이건 몇 날 며칠 계속 끓여서
잔뜩 졸아든 국물에 새로 물을 붓고 만든 국이 아니었다.
날마다 새벽같이 일어나 새롭게 끓여서
신선하면서도 그 깊은 맛이 절로 우러나게 만든 국이었다.

담호, 강호오괴와 내기하다

1. 바보로구나, 네놈의 칸은

 사간포를 우회하여 동쪽으로 이동하던 강만리 일행은 날이 어두워질 무렵 말을 멈춰 세우고, 주변 넓은 평야 한가운데에서 야영을 준비했다.

 그래도 꽃이 피는 계절이라고, 지난 한겨울 때의 여정보다는 조금은 나은 야영이었다. 불을 피우기에도, 천막을 치고 잠자기에도, 그리고 먹을 것을 준비하는 데에도 한결 수월해진 야영이었다.

 타닥타닥 모닥불이 타들어 가는 가운데, 빙궁에서 가져온 말린 고기를 물에 불려 만든 국과 딱딱하게 굳은 만두가 차려졌다.

사람들은 묵묵히 만두와 국으로 저녁 끼니를 때웠다. 대략 삼십 명 가까운 인원 중에서 유일하게 떠드는 사람은 아라뿐이었다.

"고기를 더 넣었다."

"사내가 그렇게 깨작깨작 먹으면 복이 달아난다."

아라는 마치 아내처럼 혹은 엄마처럼 설벽린을 챙기고 잔소리했다. 설벽린은 사람들의 눈치를 살피며 낮은 목소리로 말했다.

"내가 알아서 먹을 테니까 신경 쓰지 마오, 제발."

"알아서 먹는다고는 하지만 오늘 낮에도 말린 고기 한 점으로 때웠잖아?"

"제발 좀 목소리 낮추오. 창피해 죽겠소."

"창피해? 왜?"

아라는 주위를 둘러본 후 다시 설벽린을 향해 말했다.

"누구도 우리를 신경 쓰지 않는데?"

그때였다.

묵묵히, 하지만 딱딱하게 굳은 만두를 맛있게 먹던 대장이 껄껄 웃으며 입을 열었다. 여진어였다.

그 말을 들은 아라가 코웃음을 치며 싸늘한 어조로 말했다. 역시 여진어였다.

이번에는 대장이 피식 웃으며 맞받아쳤고, 그렇게 여진어로 싸우는 듯 주고받는 대화가 한동안 계속되었다.

강만리와 설벽린은 그간 빙궁에서 지내는 동안 인사말 같은, 약간의 여진어를 익히기는 했다. 하지만 저렇게 빠른 어조로 날 선 대화를 주고받는 두 사람의 대화는 전혀 알아들을 수가 없었다.

 강만리가 국을 한 모금 들이켠 후 아라를 향해 물었다.
 "무슨 말을 했기에 그리 화가 난 게요?"
 아라는 코웃음을 치며 대꾸했다.
 "니칸의 좆맛이 그리 좋더냐고 물었다."
 일순 강만리는 헛기침을 했고, 마침 국물을 마시던 화군악은 사레가 들린 듯 캑캑거렸다. 설벽린은 그 자리에서 펄쩍 뛰었다.

 그들의 얼굴에는 당황한 기색이 역력했다. 아무리 예의범절 모르는 여진족의 여인이라고는 하지만 이렇게까지 적나라하게 표현할 줄은 미처 몰랐던 것이었다.

 아라는 개의치 않고 말을 이어 나갔다.
 "그래서 네놈들의 그 조그만 것보다는 훨씬 낫다, 라고 말했다. 그러자 놈은 '내 것이 얼마나 맛있고 큰지도 모르면서 헛소리를 한다'라고 말했고, 그래서 나는 '맛보지 않아도 알 수 있고 벗겨 보지 않아도 알 수 있다'라고 대꾸했다. 그러니까 놈은 다시……."
 "아니, 그만. 그만해도 좋소."
 강만리가 서둘러 말렸다.

사실 음담패설을 싫어하는 사내는 거의 없었다. 사내들의 모든 대화가 결국에는 음담패설로 끝난다는 말이 있을 정도로, 대부분의 사내가 색(色)을 밝혔다.

하지만 여인네의 입에서, 비록 거칠고 크고 근육질의 몸으로 뒤덮여 있기는 했지만 그래도 아름답고 황홀하며 육감적인 몸매를 지닌 여인의 입에서 흘러나오는 음담패설은 외려 사내들의 아랫도리를 움츠리게 하기에 충분했다.

게다가 무엇보다 아라는 설벽린의 아내를 자처하고 있지 않은가. 제수씨의 음탕한 이야기를 기분 좋게 들을 수 있는 자는 색마(色魔)나 색마에 가까운 변태들뿐이리라.

그래서 강만리는 아라가 더 솔직하고 대담한 이야기를 하지 못하도록 얼른 화제를 전환했다.

"칸이 있는 곳까지 얼마나 걸릴 것 같나?"

대장은 잠시 생각하다가 대답했다.

"이 속도로는 한 달. 수레를 버리면 보름. 우리 쪽이 연락을 취해서 칸께서 마중 나오신다면 열흘."

"칸이 마중도 나오나?"

"칸은 허례(虛禮)를 좋아하지 않는다. 우리와 함께 웃통을 벗고 씨름하고 또 술잔을 돌려 마시는 분이시다. 그리고 그건 니칸에게도 마찬가지일 테고."

"으음."

강만리는 엉덩이를 긁적였다.

들으면 들을수록 결코 만만한 자가 아니라는 생각이 들었다. 어쩌면 이 만주와 북해 일대의 모든 여진족을 일통(一統)하고 새로운 나라를 세우는, 여진의 진실한 영웅이 될지도 몰랐다.

'황태자를 생각하고 나라를 생각한다면 아주 나쁜 녀석인 게 더 나은데 말이지.'

강만리는 입맛을 다시며 말했다.

"이 속도로 가지. 게다가 괜히 칸에게 마중 나오게 하는 수고도 할 필요 없을 것 같고."

대장이 강만리의 속셈을 읽었다는 듯이 코웃음을 치며 말을 받았다.

"흥! 칸께서 백만 대군을 이끌고 올까 봐 두려운 모양이로구나."

"두렵다, 확실히."

강만리는 순순히 인정했다.

"말이 백만 대군이지, 그게 얼마나 되는지 전혀 감을 잡을 수가 없으니까. 대망회랑에서 마주쳤던 일만의 대군도 그 끝이 보이지 않을 정도로 까마득하게 줄지어 오던데, 그 숫자의 백 배라면……."

강만리는 혀를 내둘렀다. 대장이 어깨를 으쓱하며 말했다.

"백 명의 패륵이 각각 일만 대군을 이끌고 있지. 하지만 워낙 많은 숫자이다 보니 그 모든 전력을 한곳에 모아 둘 수가 없어서 십 리에서 백 리 정도 간격을 두고 진을 치고 있다. 칸은 하루는 이쪽 진영에서 또 하루는 저쪽 진영에서 머무르며 수하들과 함께 술잔을 나누고 노래를 부르신다."

일순 강만리의 눈빛이 희미하게 반짝였다. 하지만 강만리는 얼른 그 눈빛을 감추고 여전히 기가 죽는다는 표정을 지으며 말했다.

"백 명의 패륵이라니 상상조차 할 수 없군그래."

"흐흐흐. 아직 부족하다. 칸의 위대함을 모르는 동족들이 아직도 수십만이나 남아 있다."

대장은 낄낄거리며 말을 이었다.

"지금이야 칸을 만나 보지 못해서 그분이 얼마나 위대하고 대단한지 모르기 때문에 적대시하고 있지만, 한 번 그분을 만나게 되면 지금껏 모든 패륵이 그래 왔던 것처럼 스스로 무릎을 꿇고 칸의 발에 입을 맞추게 될 것이다."

대장은 문득 웃음을 거둬들였다. 그리고 가슴을 내밀며, 보이지 않는 두 눈으로 강만리를 똑바로 바라보며 말했다.

"그때야말로 여진의 진정한 제국(帝國)이 완성되는 것

이다. 모든 종족을 아우르는 하나의 나라, 과거 금나라보다 더욱 강하고 거대한 힘을 지닌 나라. 바로 칸이 그 나라의 첫 번째 황제가 될 것이다. 또한 중원을 정벌하여 대륙을 지배하는 두 번째 여진의 나라가 될 것이다."

"헛소리."

화군악이 신경질적으로 한 마디를 던졌다. 강만리는 뒤로 손을 내저어 화군악의 입을 다물게 한 다음, 고개를 갸우뚱거리며 물었다.

"하지만 자네들을 도와준 니칸이 그걸 가만히 바라보고 있을까?"

"음? 누구?"

"왜, 그대들에게 무공을 가르쳐 주고, 칸에게 힘을 실어 준 젊은 청년 말이다."

"아, 총사?"

"그래. 종리 총사 말이다. 과연 그가 아무런 욕심도 없이 오로지 선의만을 가지고 칸과 그대들을 도와줬을 거라고는 전혀 생각할 수 없는데?"

"킥킥. 그건 당연하지. 세상에 조건 없는 선의가 어디 있겠느냐? 그것도 제 나라를 팔아먹는 일인데 말이지."

대장은 다시 웃으며 말했다.

"그 정도는 칸도 다 알고 계신다. 지금은 서로 필요해서 손을 잡고 있을 뿐, 지금의 황실을 무너뜨린 다음에는 달라질 것이다."

"그걸 종리 총사도 알고 있고?"

"물론이다. 총사는 똑똑하다. 니칸 중에서 그렇게 똑똑하고 지혜로운 자는 처음이다. 무엇보다 그는 자신의 속내를 숨긴 적이 단 한 번도 없었으니까."

"음? 그건 또 무슨 소리지?"

"칸이 말씀해 주셨다. 칸과 총사가 처음 만났을 때 총사는 자신의 야욕을 성취하기 위해서 칸을 도와주겠다고 말했다. 단, 칸이 황실을 무너뜨리고 대륙을 정벌할 때까지만 그 야욕을 내려놓겠다고도 했다. 그래서 칸은 크게 웃으며 총사와 손을 잡으셨다. 이렇게 솔직하고 순수한 자라면 언제든지 배신당해도 상관없다고 하시면서 말이다."

"바보로구나, 네놈의 칸은."

화군악이 말했다.

일순 대장은 물론 두 명의 잔병의 전신에서 새카만 살기가 뿜어져 나왔다.

화군악은 모닥불을 응시한 채 중얼거리듯 말을 이었다.

"배신당하는 게 얼마나 가슴 아픈 일인지 하나도 모르는 주제에 상관이 없다니, 그러다가 정말 큰코다칠 거다."

"노옴!"

대장이 버럭 소리쳤다.

"뚫린 입이라고 함부로 말하지 말라!"

"네놈의 칸이 불쌍해서 하는 말이다. 종리군 그 녀석이 솔직하고 순수해? 개가 풀을 뜯어 먹는 세상이 와도 절대 그럴 리가 없거든?"

"이 개자식이!"

대장이 자리에서 벌떡 일어났다. 동시에 두 명의 잔병도 어느새 칼을 빼 들고 화군악을 향해 덤벼들려 했다.

"아니, 잠깐만."

강만리가 어느새 일어나 그들의 앞을 가로막았다.

"설마 지금 다들 죽고 싶어서 환장한 건 아니겠지? 그대들 세 명으로 우리를 이길 수 있을 거라고 생각하나?"

두 명의 잔병은 칼을 빼 든 채 주위를 둘러보았다. 그들의 주위에는 이십 명의 무사가 언제든지 싸울 자세를 취하고 있었다.

"칼 넣어 두고 다시 자리에 앉으라고. 내가 저 친구 대신 사과할 테니까."

강만리는 웃는 낯으로 말했다.

"원래 저 친구가 그 종리 총사라는 자와 악연이 좀 있었다네. 그래서 그 작자 이야기만 나오면 저리 발끈한다니까?"

"흥!"

대장이 자리에 앉았다. 그러자 두 잔병도 칼을 거둬들

이고는 천천히 자리에 앉았다. 그제야 강만리도 제자리에 앉았다.

급박했던 상황은 지나갔지만 아직도 살기는 가라앉지 않은 채 모닥불 주위를 떠돌고 있었다.

'바보 같은 녀석.'

강만리는 속으로 화군악을 향해 투덜거렸다.

'기껏 칸과 백만 대군에 대한 이런저런 정보를 얻고 있던 참이었는데, 그 한순간을 참지 못해서 이런 사달을 일으키다니……. 바보는 칸이 아니라 군악 네 녀석이다.'

하지만 어쩌겠는가.

이미 대장은 굳게 입을 다물었고 다시 이야기를 꺼낼 분위기도 아니었다. 그저 아직도 싸늘한 밤바람 속에서 애꿎은 불쏘시개만 휘저을 따름이었다.

밤이 깊어 갔다.

2. 무형살(無形殺)

한편 사간포 인근에서 강만리 일행과 헤어진 담호 일행은 곧장 서쪽으로 방향을 틀었다. 며칠 후 유주에 들어선 담호 일행 앞에 유명촌의 스산한 풍경이 나타난 건 해가 뉘엿뉘엿 지고 있을 무렵의 일이었다.

사람의 흔적이 사라진 조그만 마을 언덕배기에는 허름한 이 층 객잔이 자리 잡고 있었다. 그곳이 바로 유랑객잔이었다.

"헤에, 저곳에 네 사부가 있다고?"

"객잔이 형편없는 걸 보니 네 사부도 형편없을 것 같구나."

"아무리 네가 자랑해 봤자 이런 변방의 객잔 주인밖에 더 되겠느냐? 제대로 마음먹고 싸운다면 내 일초도 견디지 못할 거다. 어때, 내기하지 않겠느냐?"

유랑객잔으로 향하는 동안 강호오괴는 쉴 새 없이 입을 나불거렸다. 담호는 그저 싱긋 웃을 뿐 별다른 반응을 보이지 않았다.

그게 강호오괴의 심기를 더 건드렸을까, 시시간이 담호의 손목을 잡으며 말했다.

"어때? 내기하자니까? 네 사부가 우리를 손에서 과연 몇 초나 버틸 수 있을지 한번 맞춰 봐. 맞추면 네 소원은 모두 들어줄 테니까."

"괜찮겠어요?"

담호가 웃으며 물었다.

"그러다가 화 숙부의 하인뿐만 아니라 제 하인이 될 수도 있는데요."

"허어, 물론 괜찮지. 화 공자 하인이라고 해서 네 하인이 되지 말라는 법은 또 없으니까. 하지만 네가 지면 어쩔 거냐? 평생 우리의 수발을 들어 줄 수 있겠느냐?"

"물론 들어 드리죠. 그런데 아무래도 내기가 잘못된 것 같아요."

"이런, 이런. 인제 와서 발을 빼는 게냐? 흐음, 늦었다. 암, 늦었고말고. 다들 들었겠지? 이 어린 친구가 우리와 평생을 걸고 내기하겠다는 말을 말이지!"

시시간이 사람들을 돌아보며 물었다.

다른 강호오괴가 일제히 고개를 끄덕이는 가운데 진재건은 한숨을 쉬었고, 고봉 진인과 초목아는 묘한 미소를 머금었다. 일노는 언제나처럼 무심한 얼굴로 커다란 짐을 진 채 묵묵히 걷고만 있었다.

초목아가 방긋 웃으며 말했다.

"똑똑히 들었어요. 그러니 걱정하지 않으셔도 돼요. 하지만 확실히 내기 방식은 달리해야 할 것 같아요."

초목아의 말에 환한 표정을 짓던 시시간이 고개를 갸웃거리며 물었다.

"어떻게 내기 방식을 바꿔야 한다는 게냐?"

"다섯 할아버지께서 과연 저귀 아저씨에게 몇 초나 버틸 수 있을까, 하는 걸로요."

"엥?"

"어라? 방금 뭐라 했지?"

"가만히 듣고 있으니 우리를 너무 얕보는 거 아냐?"

시시간 뿐만 아니라 다른 오괴들 모두 인상을 구기며 한마디씩 했다. 하지만 초목아는 전혀 개의치 않고 말했다.

"뭐, 저는 다들 저귀 아저씨의 한주먹을 버티지 못할 거라는 쪽에 걸겠지만 말이에요."

"아니, 누나도 틀렸어."

담호의 말에 초목아의 눈이 커졌다.

"응? 그럼 몇 초나 견딜 것 같은데?"

"몇 초가 아냐. 아예 덤빌 생각도 하지 못하실 거야."

"그건 뭔 개소리냐?"

시시간이 발끈하며 소리쳤다.

"우리가 누군지 아느냐? 저 정사대전 당시 구천십지백사백마와 아무렇지 않게 싸웠던 사람들이다. 공적십이마? 흥! 그놈들도 우리를 만나면 도망치기에 급급했지, 싸울 엄두도 내지 못했다! 그런 우리가 아예 덤빌 생각도 하지 못한다고? 좋아! 어디 한번 내기해 보자. 과연 우리가 덤비느냐, 덤비지 못하느냐에 대해서 말이다."

전문가 노행가도 고개를 끄덕이며 말을 받았다.

"그것참 꽤 기분 나쁜 내기 조건이다. 설령 상대가 염라대왕이라 할지라도 마음만 먹으면 언제든지 싸울 준비가 되어 있는 우리인데 말이지."

무불통지 노로통도 말했다.

"내 머릿속에 담겨 있는 수십만 무림 고수의 기억을 일일이 돌이켜 봐도 우리가 덤빌 생각조차 하지 못하는 자는 단 한 명도 없다."

사고뭉치 도단귀는 주먹까지 휘두르며 말했다.

"좋아. 나는 만나자마자 다짜고짜 주먹을 날리겠어! 그럼 무조건 우리가 이기는 거지?"

"하지만 잘들 생각해 봐."

무식쟁이 대노조만 걱정스럽다는 듯이 고개를 갸웃거렸다.

"담호가 우리의 실력을 모를 리도 없잖아? 그리고 평소 화 주인처럼 허세 가득 찬 거짓말을 하는 성격도 아니고. 그런데도 저리 자신만만하게 말하는 걸 보면 분명 뭔가가 있는 거야. 다들 조심해야 할 것 같아."

"됐네. 걱정도 팔자라니까."

"자네 같은 사람을 두고 기우(杞憂)라고 하는 걸세."

다른 이들이 대노조를 타박하는 동안 초목아는 걱정스럽다는 표정을 지으며 담호의 한쪽 팔을 잡아당겼다.

"아무리 그래도 그건 너무 과한 거 아냐? 할아버지들이 무작정 덤벼들면 어떡하려고?"

"뭐, 그러면 평생 할아버지들의 수발을 들면 되지."

담호는 별일 아니라는 투로 웃으며 말했다.

"사실 나는 오괴 할아버지들이 정말 좋거든. 그러니 설령 내가 내기에서 이긴다고 하더라도 다섯 할아버지의 수발을 들고 싶어."

담호의 말에 시시간은 물론 다른 오괴도 감동한 듯 눈물까지 글썽거렸다.

대노조가 코를 훌쩍이며 시시간을 나무랐다.

"네가 잘못했다. 내기는 정당해야 하는 법, 너무 우리 쪽으로 기울었어. 담호가 어리다고 해서 그렇게 속이면 안 되는 거다."

"속이기는 누가 속였다고 그래? 담호 저 녀석이 먼저 그리 말했잖아?"

시시간이 펄쩍 뛰었다. 노로통이 혀를 차며 시시간을 나무랐다.

"아무리 그래도 그렇지. 세상 물정 모르는 어린아이가 설령 그런 내기를 하겠다고 해도, 한 살이라도 나이 먹은 자네가 제대로 균형을 맞춰 줘야지. 그게 어른이라는 게야."

"허어, 이거 완전히 내가 역적이 되었군그래?"

시시간은 한숨을 내쉬고는 담호를 돌아보며 물었다.

"사람들이 이리 말하는데 어쩌겠느냐? 지금이라도 내기 방법을 바꾸는 게 좋을 것 같은데."

"저는 상관없어요."

담호가 웃으며 도리질했다.

"무서우면 취소하셔도 좋아요."

"무섭기는 뭐가 무서워?"

시시간이 다시 빽! 하고 소리쳤다.

"좋다! 내가 최대한 양보하려 했다는 것만 알고 있거라! 어디 그럼 네놈의 사부라는 작자의 면상을 보러 갈까?"

시시간이 단숨에 언덕을 뛰어오를 때였다. 기다렸다는 듯이 유랑객잔의 문이 열리고 곰 같은 중년 사내가 불쑥 튀어나왔다.

"헉!"

하마터면 그 거대한 체구의 사내와 부딪칠 뻔했던 시시간은 심장이 튀어나올 정도로 놀라며 황급히 뒤로 물러났다.

놀란 건 시시간뿐만이 아니었다. 마주치는 순간 아무 말 없이 다짜고짜 주먹부터 날리겠다던 도단귀도 그 거대한 곰과 같은 모습에 움찔거리며 황급히 주먹을 감췄다.

"사부!"

담호가 활짝 웃으며 소리쳤다. 동시에 나는 듯 언덕을 뛰어올라 중년 사내 앞에 이르더니, 이내 사내를 향해 큰절을 올리려 했다.

중년 사내, 그러니까 이 유랑객잔의 주인이자 담호의 사부인 저귀는 가볍게 눈살을 찌푸리며 담호를 잡아 일으켰다.

"외인이 있는 자리다. 그렇게까지 예를 갖출 필요는 없다."

"죄송합니다, 사부."

"죄송할 것까지야. 여하튼 다들 들어오시라고 해라. 빙궁에서 예까지 먼 길을 왔을 테니, 우선 뜨거운 꿩국으로 기갈(飢渴)을 달래도록 하자꾸나."

저귀는 강호오괴들은 쳐다보지도 않은 채 몸을 돌려 객잔 안으로 들어섰다. 그 뒷모습을 보면서 침을 꿀꺽 삼킨 시시간이 나지막한 목소리로 담호에게 물었다.

"저 곰이 네 사부냐?"

담호가 웃으며 고개를 끄덕였다.

"네. 제 사부를 처음 본 소감이 어떠세요?"

"뭐 소감이라고 할 것까지 있겠느냐? 그저 곰과 마주친 듯한 기분이지."

시시간이 떨떠름하게 말할 때, 대청 안에서 저귀의 묵직한 목소리가 들려왔다.

"먼지 들어간다. 어여 들어오너라."

"네, 사부."

담호는 곧장 대청으로 들어섰다. 그 뒤를 따라 고봉 진인과 초목아, 일노와 진재건이 객잔 안으로 발길을 옮겼다.

시시간을 비롯한 강호오괴는 서로 눈치를 보다가 미적거리며 안으로 들어섰다.

여전히 허름하고 좁고 오래되었지만 먼지 하나 없을 정도로 깨끗한 객잔이었다.

사람들이 창가 쪽 탁자에 자리를 잡고 앉는 동안, 초목아가 주방으로 쪼르르 달려가며 말했다.

"저도 도울게요!"

주방 안에서 무뚝뚝한 소리가 들려왔다.

"됐다. 너는 그냥 쉬고…… 음? 벌써 왔느냐? 가서 쉬어도 된다니까."

"헤헤, 돕겠다는 건 사실 빈말이고 실은 아저씨 음식 솜씨를 배우려는 거예요. 앞으로 강호를 유랑할 때 큰 도움이 될 것 같아서요."

"그래? 그럼 옆에서 잘 보도록 해라. 아, 그건 만지지 말고. 그것도 만지지 말고."

저귀의 다급한 목소리가 주방 쪽에서 들려오자 담호는 미소를 지었다.

하지만 강호오괴는 전혀 웃지 못했다. 그들은 심각한 표정을 지은 채 서로 눈짓을 주고받으며 전음술로 대화를 나눴다.

-진짜 만만한 상대가 아닌데?

-나는 심장이 멎는 줄 알았다. 세상에, 도대체 그게 무슨 투기(鬪氣)란 말이냐?

-내가 주먹을 휘두르려고 할 때 놈의 그 눈빛 봤어? 손발이 오그라들고 적잖은 흉통(胸痛)까지 생긴 걸 보면, 분명 무형살(無形殺)의 경지에 오른 것 같다고.

무형살이라는 단어가 도단귀의 입에서 흘러나오자 강호오괴의 표정은 더욱더 심각해졌고, 그들의 안색은 더더욱 어두워졌다.

무형살은 무공이 아니었다.

단지 순수한 본원진기(本原眞氣)의 힘만으로 상대를 죽이거나 고통을 줄 수 있는 무형의 살기(殺氣)를 뜻했다.

살기는 상대를 죽이겠다는 마음이나 감정이, 눈빛이나 기세로 표출되는 것이다. 그 죽이겠다는 욕망과 집념이 강하면 강할수록 살기는 짙어진다.

물론 일개 평범한 사람의 살기는 상대를 놀라거나 흠칫하게만 할 뿐, 살기만으로 그 어떤 해를 입힐 수가 없었다.

하지만 맹수들은, 그리고 내공을 익힌 무림인은 달랐다.

가령 호랑이의 예를 들자면 호랑이가 내뿜는 살기 앞에서 제대로 서 있거나 싸우거나 도망칠 수 있는 사람은 극소수에 불과했다.

대부분 호랑이의 살기와 마주친 순간 오금이 저리고 온 몸에서 힘이 쭉 빠져나가며 싸우기는커녕 도망칠 엄두조차 내지 못했다. 그게 맹수의 살기였다.

내공을 익힌 무림인들도 맹수의 살기와 비슷한, 상대를 옴짝달싹하지 못하게 만들거나 혹은 심장에 타격을 가하는 살기를 일으킬 수 있었다. 그게 무형살의 기본 개념이었다.

강만리가 익힌 심등귀진박(心燈鬼陣搏)도 바로 그런 무형살의 개념을 이용하여 만들어진 무공이었다.

그 무형살은 마음을 일으키는 것만으로 상대를 죽일 수 있다는 심즉살(心卽殺), 굴강한 정신력과 막강한 내공을 통해 보이지 않는 검을 만들어 낸다는 무형심검(無形心劍)과 더불어, 무공을 익힌 자들이 궁극(窮極)의 목표로 삼는 세 가지 불가능(不可能)한 경지 중 하나였다.

3. 꿩국의 의미

"자, 뜨끈뜨끈한 꿩국이네. 어서들 먹게. 오랜 여정에 지친 몸과 마음을 한순간에 녹여 줄 것이야."

강호오괴가 심각한 표정으로 전음술의 대화를 나누고 있는 동안, 저귀는 초목아의 도움을 빙자한 방해를 받으면서도 힘겹게 꿩국과 만두를 가지고 나왔다.

저귀와 함께 나온 초목아는 재빨리 탁자 위에 음식들을 놓아두고는 담호 옆자리에 앉았다.

유랑객잔의 만두는 특이하게도, 원래 속이 들어 있지 않은 찐빵과도 같은 일반 만두와는 달리 여러 가지 속이 들어가 있어서 교자(餃子)와 매우 비슷했다.

별생각 없이 만두를 들고 한 입 씹어 먹은 강호오괴는 깜짝 놀라며 만두 속을 들여다보았다.

"어라? 만두에 고기가 다 들어가 있네?"

"뭐야, 이건. 교자도 아니고 만두도 아닌 놈이네."

"허어, 그게 뭐가 중요한가? 나는 태어나서 지금껏 이렇게 맛있는 만두는 처음 먹어 보네."

아닌 게 아니라 만두는 기가 막힐 정도로 맛있었다.

겉은 쫄깃쫄깃하고 안은 포슬포슬하며 속은 정체를 알 수 없는 고기와 채소들이 절묘한 간으로 버무려져 있었다. 고기는 풍미와 씹는 맛으로 사람을 즐겁게 했고, 채소는 텁텁하거나 느끼할 수 있는 부분을 완벽하게 지워 냈다.

무불통지 노로통의 말이 아니더라도 그야말로 최고의 만두였다. 노로통의 말에 다른 노괴물들도 일제히 고개를 끄덕이고는 단숨에 커다란 만두 하나를 쓱싹 해치웠다.

그러고는 군침을 삼키며 두 번째 만두를 집어 든 다음, 한 손으로는 조그만 국자처럼 생긴 숟가락을 들고 꿩국의 국물을 떠서 한 모금 마셨다.

"이런!"

"세상에! 이게 진짜 꿩국이로구나!"

유랑객잔의 별미(別味)이자 성명절기(盛名絕技)라 할 수 있는 꿩국을 처음 맛본 강호오괴는 진심으로 찬탄을 아끼지 않았다.

동시에 그들은 말하는 시간도 아깝다는 듯이 만두를 우적우적 씹어 먹는 한편 꿩국을 후루룩 마시기에 여념이 없었다.

담호는 그런 강호오괴를 바라보며 싱긋 웃고는 자신도 꿩국을 마셨다. 역시 사부의 꿩국이었다.

이건 몇 날 며칠 계속 끓여서 잔뜩 졸아든 국물에 새로 물을 붓고 만든 국이 아니었다. 날마다 새벽같이 일어나 새롭게 끓여서 신선하면서도 그 깊은 맛이 절로 우러나게 만든 국이었다.

언제 먹어도 그저 감탄만 나오는 꿩국을 먹던 담호는 문득 고개를 갸웃거리더니 이내 고개를 들어 창밖을 내다보았다.

언덕 아래 오른쪽으로는 고묘파 사람들이 일제히 떠난 바람에 황폐해질 대로 황폐한 유명촌이 있었다. 아무리

눈여겨봐도 새로운 사람들이 이주한 모습은 전혀 찾아볼 수가 없었다.

사람 한 명 살지 않는 유명촌. 손님 한 명 없는 유랑객잔.

그런데 매일같이 새롭게 꿩국을 끓일 이유가 어디 있을까.

담호는 저도 모르게 시선을 돌려 저귀를 쳐다보았다. 탁자 앞에 우뚝 선 채 사람들이 허겁지겁 먹는 광경을 흐뭇하게 바라보고 있던 저귀와 눈이 마주쳤다.

저귀가 고개를 갸웃하면서 물었다.

"왜? 맛이 없느냐?"

"그게 아니라……."

담호는 망설이다가 입을 열었다.

"유명촌에 사람들이 있나요?"

"있을 리가. 고묘파 사람들이 다 떠났다는 게 아직 알려지지 않았으니 한 일 년 동안은 사람들이 들어서지 않을 게다."

"그럼 손님도 없겠네요?"

"그렇지. 그때 군악, 그 친구가 들렀던 게 마지막이다."

"그런데도 꿩국은 매일 끓이시나 보네요."

"당연하지. 언제 네가 돌아올…… 아니, 언제 손님이 올 줄 모르니 말이다."

저귀는 무심코 대꾸하다가 황급히 말을 바꿨다. 하지만

늦었다. 담호의 눈에 눈물이 글썽거렸다.

저귀는 당황한 듯 헛기침을 연거푸 하면서 손을 내저었다.

"어허! 네가 착각한 게다. 널 기다리고 있었다는 게 아니다. 또 널 위해서 매일 새벽같이 일어나 펑국을 새로 끓인 것도 아니다. 이건 모두 손님들을 위해서 준비한, 평소의 습관 같은 거다. 그래, 습관이지. 오랜 시절 객잔을 운영해 왔던 나만의 습관 말이다."

평소 무뚝뚝하고 말이 없던 저귀의 입이 바쁘게 움직였다. 얼마나 당황했던 건지 이 날씨에 식은땀까지 흘리고 있었다.

담호는 얼른 눈물을 닦았다. 그리고 해맑은 미소로 저귀를 쳐다보며 말했다.

"물론 어디 저 때문이겠어요? 당연히 손님들 때문이겠죠."

"물론이다. 어디 너 때문이겠느냐? 어라? 만두가 부족한 것 같구나. 가서 더 가져오마."

저귀는 겨우 한숨을 내돌리고는 서둘러 자리를 떴다. 담호도 길게 한숨을 내쉬며 마음을 진정시켰다.

"좋은 사부네."

시시간이 문득 입을 열었다.

"나도 저런 사부가 되고 싶었는데."

노로통이 고개를 끄덕이며 말했다.

"담호 같은 제자라면 충분히 그런 사부가 될 수 있겠지."

사고뭉치 도단귀도 동의한다는 듯한 표정을 지으며 말을 이어받았다.

"나도 제자 앞에서는 근엄하게 행동할 수 있는데 말이지."

무식쟁이 대노조가 고개를 갸웃거리며 말했다.

"그럼 내기 조건을 바꾸면 되지 않아? 담호가 평생 우리의 수발을 들 게 아니라 우리의 제자가 되는 조건으로 말이야."

일순 다른 강호오괴들이 눈을 반짝이며 반색했다.

"아주 좋은 생각이다!"

"가만 보면 대노조, 너 의외로 좋은 생각을 한단 말이지."

대노조가 입을 내밀고 중얼거렸다.

"내가 생각하기에는 우리 다섯 명 중에서 내가 가장 똑똑한 것 같은데."

"그건 네가 무식하니까 그렇게 생각하는 거다. 여기 무불통지도 있고 전문가도 있는데 어찌 네가 가장 똑똑할 수 있겠느냐?"

시시간이 껄껄 웃더니 담호를 돌아보며 제의했다.

"그럼 내기 조건을 그렇게 바꾸는 거다?"

"그건 싫어요."

의외로 담호는 단호하게 거절했다.

일순 강호오괴가 눈을 휘둥그레 뜨며 일제히 담호를 바라보았다.

놀란 건 그들뿐만이 아니었다. 고봉 진인과 진재건, 평소 모든 일에 무관심한 것 같던 일노까지 깜짝 놀란 표정을 지으며 담호를 바라보았다.

다들 그저 순둥순둥하기만 하던 담호에게 이렇게 매몰차고 단호한 부분이 있었던가, 하는 표정들이었다.

담호는 사람들이 놀라서 자신을 바라보자 살짝 겸연쩍은 표정을 지으며 말했다.

"제게 있어서 사부는 오직 한 분이세요. 그러니 다른 사람을 사부로 모시는 건……."

"아니지, 그건 아니라고 봐."

담호의 말이 끝나기도 전에 초목아가 고개를 흔들며 부정했다.

"난 똑똑하게 기억하고 있거든. 예전에 저귀 아저씨가 네게 했다는 말씀 말이야. 앞으로 강호에서 살아가다 보면 수많은 기인이사(奇人異士)와 만나게 될 것이고, 또 너의 자질을 높이 평가한 이들로부터 제자로 거둬들이겠다는 제의를 적잖게 받을 거라고 말이야. 그때, 그 제의를 한 기인들의 심성(心性)과 성품이 네 가치관과 크게 어긋나지 않는다면 감사한 마음으로 제자가 되라고 하셨어. 스승은 많으면 많을수록 좋은 법이라면서 말이야."

담호는 입술을 깨물었다. 확실히 그와 비슷한 말을 들은 적이 있었던 것이었다.

애당초 저귀는 담호의 유일한 스승이 되기를 거부했다. 세상에는 자신보다 더 뛰어나고 훌륭하며 제대로 된 사부들이 많으며, 담호가 자신에게 매여서 그 사부들의 가르침을 받지 못하는 걸 저어했다.

초목아는 당황해하는 담호의 얼굴 앞에 제 얼굴을 들이대며 물었다.

"설마 담호 너는 오괴 할아버지들의 심성이 나쁘다고 생각하는 거야?"

"허험!"

"커험!"

강호오괴들이 연거푸 헛기침을 하는 가운데 담호는 당황해서 얼른 고개를 저으며 말했다.

"전혀 그렇지 않다고 생각해."

"그럼 성품이 나쁘거나 고약하다고 생각하는 거야?"

"커흑."

"흐흠!"

"아니, 그것도 아니라고 생각해."

"그럼 여전히 저귀 아저씨에게 오괴 할아버지들이 덤

벼들지 못할 거라고 생각해?"

"그거야……."

"그럼 뭐가 문제인데? 조건을 바꿔도 상관없잖아? 어차피 이길 거고, 져도 지금처럼 할아버지들과 친하게 지내는 것뿐인데. 설마 할아버지들, 할아버지들이 사부가 된다 하더라도 우리 담호를 독차지할 건 아니겠죠?"

초목아가 갑자기 강호오괴를 돌아보며 뾰족한 목소리로 물었다. 강호오괴는 움찔거리며 황급히 손사래를 쳤다.

"왜 우리가 독차지하겠느냐?"

"저귀라는 사부가 먼저 있는데 말이다."

"앞으로 많은 이들이 사부가 되려 할 테니, 외려 그 사부들과 친하게 지낼 작정이다."

강호오괴의 대답에도 불구하고 초목아는 여전히 뾰족한 목소리로 물었다.

"그럼 앞으로 담호의 사부답게 나쁜 일, 못된 일, 고약한 일은 하지 않을 거죠?"

"무, 물론이지."

"당연히 제자를 위해서 사부의 체통을 지켜야겠지."

강호오괴는 순순히 대답하는 와중에 뭔가 이야기가 꼬이고 있다는 생각을 지울 수 없었다. 또한 이 조그마한 계집이 정말 무섭고 두렵다는 생각이 그들의 뇌리에 각인되었다.

초목아는 손뼉을 치며 말했다.

"좋아요. 그럼 내기는 계속 진행하는 거예요."

"무슨 내기 말이냐?"

저귀가 마침 쟁반 가득 만두를 들고 오다가 이야기를 들은 듯 고개를 갸웃거리며 물었다.

초목아가 활짝 웃으며 말했다.

"이 할아버지들께서 저귀 아저씨와 한판 붙어 보고 싶대요."

저귀의 시선이 강호오괴로 향했다. 저귀의 불투명한 눈빛이 자신들을 향하자 강호오괴는 저도 모르게 한순간 자라목이 되고 말았다.

5장.
담호, 저귀와 해후(邂逅)하다

"생각은 누구나 할 수 있지. 하지만 그 생각을 행동으로 옮기느냐,
그렇지 못하느냐에 따라서 전혀 달라지는 법이니까.
똑같이 출발했어도 성장의 차이가 나는 건 바로 그런 부분 때문이다."

담호, 저귀와 해후(邂逅)하다

1. 귀력오체적살(鬼力五體摘殺)

 그야말로 압도적인 위압감이었다. 과거 정사대전 당시 싸웠던 그 어떤 사마외도의 거물들보다 더 강하고 파괴력 넘치는 눈빛과 기세가 저귀에게서 흘러나왔다.
 그뿐만이 아니었다. 무표정한 얼굴에서 뿜어져 나오는 오만하고 난폭할 정도로 철철 넘쳐흐르는, 자신에 대한 절대적인 자신감이 강호오괴의 전신을 짓누르고 있었다.
 하지만 기가 눌렸던 것도 잠시, 강호오괴는 마치 용수철처럼 발끈하며 말했다.
 "그래, 한번 싸워 보자. 과연 자네가 생긴 것처럼 그리 강한지 확인해 보자!"

"하지만 우리를 만만히 보다가는 큰코다칠걸? 강호오괴의 합격술은 당대 최고였으니까!"

발끈하여 소리치는 것치고는 어째 잔뜩 주눅이 든 듯한, 스스로 엎드려 한 수 접고 들어가는 듯한 표정과 말투와 내용이었다.

저귀는 여전했다. 일개 주정꾼을 대할 때처럼, 저 산동의 최고 고수를 상대할 때처럼, 그리고 지금 강호오괴와 마주한 상황에서도 그의 표정은 한결같았으며 목소리는 변함없이 무뚝뚝했다.

"나와 싸워서 얻는 게 뭔데?"

강호오괴는 자신들의 몸을 옭아매는 투기에 진저리를 치면서도 끝까지 대꾸했다.

"자네와 싸워 이기면 담호의 스승이 될 수 있으니까!"

"호오."

저귀는 고개를 돌려 담호를 바라보았다. 담호의 얼굴이 빨개지더니 고개를 숙이며 사과했다.

"죄송합니다. 제가 너무 단순해서 그런 내기를 하고 말았어요."

"쯧쯧."

저귀는 혀를 차며 말했다.

"아직도 그렇게 얼굴이 붉어지는구나. 그 버릇 얼른 고치지 않으면 홍안자(紅顔子)라는 별명이 평생 갈 것이다."

"명심하겠습니다, 사부."

"좋아."

저귀는 고개를 좌우로 꺾으며 강호오괴를 돌아보았다. 그리고 조금 전보다는 더욱 강렬해진 눈빛으로 그들을 쏘아보며 입을 열었다.

"그럼 내 귀여운 제자의 또 다른 스승이 될 자격이 있는지 없는지 확인해 봐야겠구나."

강호오괴는 저도 모르게 마른침을 꿀꺽 삼키면서 저귀의 그 솥뚜껑만 한 손을 바라보았다.

그야말로 곰 발바닥과 같은 크기의 손이었다. 저 손으로 한 대 후려 맞으면 뼈도 추리지 못할 것 같다는 위기감이 강호오괴의 뇌리를 관통했다.

하지만 기세에 눌려 싸우지도 않고 패배를 선언할 강호오괴가 아니었다. 그들은 마치 약속이라도 한 듯 동시에 자리를 박차고 일어서며 말했다.

"좋아! 어디 한번 붙어 보자고!"

황량한 황야를 가득 메운 바람은 차갑고 매서웠다. 옷자락이 펄럭이는 소리가 요란하게 울려 퍼지는 가운데, 다섯 노인은 저귀와 마주 섰다.

담호를 비롯한 사람들은 객잔 입구에 서서, 잔뜩 기대하는 얼굴로 혹은 상당히 긴장한 표정으로 지금 객잔 앞마당에서 벌어지려 하는 한바탕 싸움을 주시하고 있었다.
 노인들의 등 뒤에서 세찬 바람이 불었다. 흙먼지가 회오리를 일으키며 휘몰아쳤다. 노인들의 수염이 앞으로 펄럭였다.
 흙먼지 가득 실은 바람으로 인해 한순간 저귀의 시야가 어지러워졌다. 행여 흙먼지가 눈에 들어올까 저어한 저귀는 눈을 감듯이 가늘게 떴다.
 바로 그 순간이었다.
 다섯 노인이 갑자기 몸을 날렸다. 흙먼지 가득한 바람으로 저귀가 잠시 눈을 감는 순간, 다섯 노인은 빠르게 사방으로 전개(全開)하여 저귀를 에워쌌다. 동시에 표범보다 날렵하고 호랑이보다 맹렬하게 저귀를 덮쳤다.
 그야말로 눈 깜빡할 사이에 일어난 일이었다. 노인들의 움직임이 얼마나 빠르고 날렵한지, 심지어 담호조차 그들의 동선을 제대로 확인할 수가 없었다.
 다섯 노인은 순식간에 저귀를 들어 올렸다. 각자 팔 하나씩, 다리 하나씩, 그리고 목을 잡아 들고 그대로 밭에서 무우 뽑아내듯 쑤욱 뽑아낼 것처럼 힘을 주었다.
 "안 돼……."
 깜짝 놀란 담호가 저도 모르게 소리치려 할 때였다. 저귀가 그제야 눈을 뜨고 반응했다.
 "겨우 이 정도로 내 제자의 사부가 되려 했소?"

"으음."

다섯 노인의 얼굴이 흉하게 일그러졌다. 아무리 힘을 줘도 저귀의 몸통에서 팔과 다리, 목이 뽑히지 않았다.

수백 근 바위를 손으로 움켜쥐고 박살 내는 그들의 악력과 파괴력으로도 저귀를 어찌할 수가 없었던 것이었다.

사실 지금 강호오괴가 펼친 이 수법은 과거 정사대전 당시 수많은 사마외도의 고수들을 죽인, 그야말로 강호오괴만의 독문절기(獨門絶技)라 할 수 있었다.

사방으로 흩어졌던 다섯 명이 일시에 달려들어 상대방을 허공에 띄운 다음 손과 발, 목을 잡아당겨 뽑아내는 단순하고 무식하며 잔악하기 그지없는 수법. 그 패악(悖惡)한 수법을 보고 강호의 사람들은 귀력오체적살(鬼力五體摘殺)이라고 표현했다.

귀신의 힘으로 머리와 팔다리를 뜯어내어 죽이는 초식.

상상만 해도 끔찍하고 몸서리쳐지는 귀력오체적살의 수법이 다시 현세(現世)에 펼쳐졌으나, 정작 저귀는 태연하기 이를 데가 없었다.

"그 움직임은 확실히 표홀하여 나도 감탄했지만, 정작 힘이 부족하군그래. 아무래도 나이가 들어 근력이 약해진 모양이구려."

저귀는 그렇게 말하며 비룡번신(飛龍翻身)의 수법으로 몸을 뒤집었다.

그가 순식간에 십여 차례나 회전하듯 빠르게 몸을 돌리자, 곤란하게 된 건 강호오괴들이었다. 저귀가 허공에서 회전하는 그대로 그의 팔다리, 목을 잡고 있던 강호오괴들도 따라서 허공을 맴돌아야 했던 까닭이었다.

그게 끝이 아니었다. 저귀의 회전하는 속도가 더욱더 빨라지는가 싶더니 어느 순간 그의 몸이 보이지 않았다.

우우웅!

저귀가 몸을 회전하는 소리가 허공에 균열을 일으키며 사방으로 퍼졌다.

강호오괴들이 허공을 휘도는 속도도 덩달아 빨라지더니, 이내 눈앞이 새하얗게 변하고 어지러워 정신을 차릴 수 없게 되었다.

물론 그 와중에 저귀의 머리와 팔다리를 움켜쥐고 있던 두 손이라도 놓는다면 이 괴상망측한 상황에서 빠져나갈 수 있었을 것이다.

그러나 그건 강호오괴의 자존심이 용납하지 않았다. 자신들의 성명절기(盛名絕技)라 할 수 있는 수법을 끝까지 관통해서, 이 빌어먹을 곰 같은 놈의 머리와 팔다리를 떼어 낼 작정으로 그들은 끝까지 이를 악문 채 저귀의 몸에 매달린 채 수백 번의 공중제비를 돌고 있었다.

"이건……."

지켜보던 고봉 진인이 저도 모르게 중얼거렸다.

"무공이라 할 것도, 싸움이라 할 것도 없구나."

그랬다.

이건 무공이라 할 수도, 강호 고수들의 싸움이라 할 수도 없었다.

애당초 강호오괴의 합격술 자체가 그러했다.

사실 개개인의 무공이야 그 수준이 이미 절정에 이른 그들이었다. 저귀조차 깜짝 놀라 미처 대응하지 못했던 그들의 경신술과 보법은 그야말로 압권이었다.

또한 각자의 강대한 내공을 바탕으로 펼치는 권법, 장법, 검법 등은 과거 모든 고수들의 가슴을 서늘하게 만들 정도였다.

하지만 합격술은 달랐다.

다섯 노인 모두가 자신이 합격술의 주(主)가 되어야 한다고 다투기를 십여 년, 결국 그들은 가장 공평하고 만족스러운 방법을 찾아냈으니 바로 귀력오체적살이었다.

귀력오체적살은 누구 한 명 튀지 않고 앞으로 나서지도 않으며 자신의 능력을 뽐내지도 못하는, 그야말로 다섯 명이 동시에 달려들어서 상대를 띄우고 똑같은 힘으로 잡아당겨야만 가능한 수법이었다.

그 후 강호오괴는 어지간한 상대는 모두 귀력오체적살

이라는 합격술을 사용하여 말 그대로 오체분시(五體分屍)를 만들었다.

하지만 저귀는 어지간한 상대가 아니었다. 어쩌면 공적 십이마에 버금가는, 아니 어쩌면 금강철마존에 버금가는 무용을 지녔을지 몰랐다.

그가 내공을 발휘하여 근골을 보호하고 호신강기를 두르자, 강호오괴는 귀력(鬼力)의 힘으로도 저귀의 목과 팔다리를 뽑아낼 수가 없었다.

그 상황에서 저귀는 다시 내공을 펼쳐서 빠르게 몸을 회전하는 것으로 강호오괴를 떨쳐 내려 했다.

놀라운 건 강호오괴의 끈질긴 집착력이었다.

저귀가 펼치는 가공할 회전력에 의해 산발이 되고 옷자락이 갈기갈기 찢어지는 상황에서도 그들은 결코 저귀의 팔다리를 놓지 않았다.

외려 그들은 어떻게든 버티고 버티다가 한순간 틈을 노려 역전의 발판으로 삼고자 눈을 부라리며 내공을 운집했다. 각자 일 갑자가 넘는 내공이 두 손에 모였고, 강호오괴는 그렇게 모은 내공을 한껏 뿜어내며 목을 조르고 팔과 다리를 움켜쥐었다.

우두둑, 소리와 함께 목뼈가 부러지고 손목의 뼈와 발목의 뼈도 바스러져야 하는 게 정상이었다.

그러나 저귀의 몸은 곰보다 더 튼튼하고 코끼리보다 단

단했다.

 강호오괴가 전력을 다해 손발과 목을 옥죄이자, 저귀는 단전에 모여 있던 가공할 내공을 일시에 폭발시키듯 분출했다. 강대무비한 내공과 내공이 전력으로 충돌하듯 부딪쳤다.

 쿠웅!

 일순 거대한 망치로 뒤통수를 때리는 듯한 충격파가 저귀와 강호오괴를 중심으로 퍼졌다. 저귀의 몸이 경련을 일으키듯 세차게 떨렸다. 강호오괴의 머리카락은 산발이 되었고 옷자락이 찌익 찢어져 뒤로 날아갔다.

 한 걸음 늦게 풍압이 일었다. 얼굴이 일그러지고 피부가 뒤로 밀려 나갈 정도로 거칠고 강력한 풍압이었다. 그 풍압은 순식간에 담호 일행에게까지 날아들었다.

 거대한 태풍이 휘몰아치듯 그들의 옷은 세차게 펄럭였고 이마의 건(巾)이 찢어지며 산발이 되었다. 초목아가 풍압에 휘말려 뒤로 날아가려는 걸 담호와 고봉 진인이 황급히 손을 뻗어 낚아챘다.

 우지끈! 챙!

 요란한 소리와 함께 굳게 닫혀 있던 창이 박살 났다. 이층 유랑객잔이 금방이라도 무너질 것처럼 휘청거렸다.

 그야말로 압도적인, 주변 모든 걸 괴멸시킬 것처럼 강대한 풍압이었다.

뒤늦게 흙먼지가 폭풍이 되어 사방으로 흩뿌려졌다. 조금 떨어진 곳에서 싸움을 지켜보던 사람들은 일제히 고개를 돌리거나 눈을 감았다.

또한 하늘 높이 솟구친 흙먼지가 사람들의 시야를 가려 아무것도 볼 수가 없었다.

하지만 담호는 가슴을 두근거리면서 저귀와 강호오괴를 끝까지 주시했다.

'제발 누구라도 다치지 않기를······.'

그건 이 엄청난 폭발력 속에서 전혀 이뤄지지 않을 것만 같은 기도였다.

하지만 담호는 지금 그렇게밖에 기도할 수 없었다. 어쨌거나 저귀나 강호오괴 모두 그가 너무나도 좋아하는 사람들이었으니까.

'모두 내 잘못이다. 순간적인 기분과 감정으로 내기에 응한 게 잘못이다. 조금 더 깊고 신중하게 생각해서 대처했더라면 사부와 할아버지들이 이렇게 싸우지 않았을 것이다.'

담호는 피가 날 정도로 입술을 깨물며 자책했다.

그러는 가운데 십여 장 높이까지 뭉게구름처럼 치솟았던 흙먼지가 천천히 가라앉았다. 수천 근 화약이 폭발한 것과 같은 현장의 모습이 드러나기 시작했다.

· 2. 무승부로 할래?

"젠장, 미안해서 어떡하지?"
"그러니까 말이야. 되도록 시간을 지체하지 말라고 했는데 우리 때문에 얼마나 손해 보게 된 거야?"
"정말 미안하네."
"그것 봐. 내가 분명히 말했지? 싸우면 우리 모두 손해라고 말이지."

강호오괴는 여전히 시끄러웠다. 팔이 골절당하는 중상을 입고 침상에 드러누웠지만, 그 입만큼은 여느 때와 다를 바가 없었다.

담호가 웃는 낯으로 말했다.

"괜찮아요. 더 크게 다치시지 않은 것만으로도 전혀 손해가 아니니까요."
"흠, 그리 말하니 기분이 나쁘지는 않군."
"그래, 네 사부는 건강하고?"
"네. 할아버지들 드린다고 죽을 끓이고 계세요. 예전에 저도 한번 먹어 봤는데 꿩고기를 넣어서 정말 맛있어요."
"에이, 죽은 무슨 죽. 입을 다친 것도 아닌데. 물론 내 상이야 가볍게 입기는 했지만 그래도 충분히 고기를 뜯을 힘은 있다고."
"그래. 이곳 통째로 굽는 양구이가 일품이라는 소리를 화

주인께 들은 기억이 있는데 그거 어떻게 좀 안 되려나?"

"흠. 내 생각이지만 확실히 꿩죽보다는 양구이가 나을 것 같은데."

"그만들 하세요. 어린아이들도 아니고."

보다 못한 초목아가 나무랐다. 무식쟁이 대노조가 머리를 움츠리며 중얼거렸다.

"난 저 아이가 무서워."

초목아는 미처 그 소리를 듣지 못한 듯 싸늘한 눈빛으로 강호오괴는 돌아보며 계속해서 말했다.

"담호가 착해서 그냥 넘어가는 거잖아요? 사실 폐도 이만저만 폐가 아니라고요. 할아버지들이 다 나으시려면 최소한 한 달은 있어야 한다잖아요? 다들 아시겠지만 축융문의 일은 시급을 다투는 긴급한 일이고요. 그런 상황에서 한 달이나 이곳에 머물러야 한다니…… 에휴."

초목아는 한숨을 내쉬며 고개를 절레절레 흔들었다. 다섯 노인들은 그녀의 시선을 피해 고개를 돌리거나 헛기침을 하며 딴청을 피웠다.

초목아는 허리에 양손을 얹은 채 계속해서 말을 이어 나갔다.

"도대체 그렇게 폐를 끼쳐 놓고서 뭐가 그리 요구 사항이 많으신 건가요, 다들? 그러니까 잠자코 주는 음식 먹고 얼른 나을 생각부터 하세요. 알겠죠?"

"알겠다."

"나는 원래부터 죽을 좋아하거든. 이 늙은이들이랑 다르다고."

"내 생각에는 확실히 죽을 먹는 게 지금 우리 상황에서는 최선일 것 같아."

노인들이 앞다퉈 고개를 끄덕이며 말했다.

방문 옆 벽에 기댄 채 잠자코 그 광경을 지켜보고 있던 진재건, 진 당주가 문득 머리를 긁적이며 입을 열었다.

"하지만 어찌 되었든 한 달이나 이곳에 머무를 수는 없을 것 같습니다."

강호오괴가 반색했다.

"그렇지? 한 달이 뭐야? 보름이면 예전처럼 움직일 수 있다니까?"

"그럼 열흘 후에 출발하자고. 가면서 다 나으면 되지, 뭐."

"그럴 바에는 닷새 후에 출발하는 게 낫지 않을까? 열흘이나 닷새나."

"흠, 아니면 당장 내일 출발해도 괜찮을 것 같군. 유주를 지나 북경부에 당도할 즈음이면 부러진 뼈는 다 붙을 테고, 내상도 치유되어 있을 테니까."

노인들이 떠들썩하게 이야기했다. 묵묵히 듣고 있던 진 당주가 고개를 저었다.

"그건 안 될 것 같습니다."
"음? 그건 또 왜?"
"그야 어르신들의 회복이 그만큼 느려질 테니까요."
"무슨 소리야? 지금 우리가 한 말 듣지 못했나? 치료는 여행하면서 하면 되는 거라고."
"그게 어르신들 마음대로 될 리가 없습니다."
"왜 없어? 내기할까, 우리?"
"그만하세요!"

초목아가 뺙 소리치자 중구난방 떠들던 강호오괴의 입이 거짓말처럼 다물어졌다.

초목아는 뾰족한 눈길로 다섯 노인의 얼굴을 일일이 바라보며 말했다.

"그 내기 때문에 이 사달이 났잖아요? 그런데도 아직 내기 운운하시는 건가요?"

노인들은 끄응, 하며 그녀의 시선을 피했다. 그때 무식쟁이 대노조가 초목아의 눈치를 살피며 기어들어 가는 목소리로 말했다.

"그런데 말이지."
"뭔데요?"
"담호와 했던 내기는 누가 이긴 거야?"
"아휴."

초목아는 절로 한숨을 쉬었다. 노인들이 눈치를 살피며

저마다 입을 열었다.

"안 그래도 그게 궁금하던 참이었다고. 다친 건 다친 거고, 폐는 폐고, 승부는 또 승부잖아?"

무식쟁이 대노조는 천연덕스럽게 말하다가 초목아의 뾰족한 눈빛을 받고 얼른 입을 다물었다.

"지금 내기 결과가 중요한 건가요? 도대체 할아버지들 머리에는 뭐가 들어 있는지 모르겠다니까."

초목아가 날 선 목소리로 말할 때, 담호가 그녀를 제지하며 입을 열었다.

"제가 졌습니다. 어쨌든 할아버지들께서는 사부와 맞서 싸우셨으니까요. 오늘 이후로 저, 담호는 다섯 할아버지를 사부로 모시고 평생 수발을 들겠습니다."

다섯 노인의 얼굴이 해맑아질 때였다.

"아니, 그건 아니지."

무불통지 노로통이 붕대로 칭칭 동여맨 두 손을 허우적거리며 말했다.

"솔직히 말하자면 우리가 진 거야. 사실 우리가 싸우지도 못할 거라는 건 애당초 내기가 아니었으니까."

그러자 시시간부터 다른 노인들이 줄줄이 서로 다른 의견을 내놓기 시작했다.

"아니, 원래 내기라 할지라도 우리가 이긴 게 아냐? 일초는 버틴 것 같은데?"

담호, 저귀와 해후(邂逅)하다 〈155〉

"흠, 하지만 그게 일 초를 버텼다고 할 수 있는 상황이었나?"

"나는 충분히 일 초는 지났다고 생각하는데?"

"아냐. 솔직히 말하자면 일 초도 버티지 못한 것 같아."

다섯 노인은 다시 엉뚱한 문제를 가지고 티격태격 토론을 벌이기 시작했다.

'이러다가는 평생 이 방을 빠져나가지 못하겠구나.'

가만히 지켜보던 진 당주가 가볍게 한숨을 내쉬었다. 그는 역시 이대로 지켜볼 수만은 없다고 생각하며 입을 열었다.

"문제는 그게 아닌 것 같습니다만."

노인들은 자신들의 말이 옳다고 주장하며 열변을 토하느라 미처 진 당주의 말을 듣지 못했다. 진 당주가 살짝 목소리를 높여 다시 말했다.

"축융문이 어디 있는지 말씀해 주십시오!"

일순 노인들은 움찔거리며 진 당주를 돌아보았다. 진 당주는 여전히 방문 옆의 벽에 등을 기댄 채 말을 이었다.

"이렇게 허투루 보낼 여유가 없단 말입니다. 그러니 노인장들께서 이곳에서 한 달 동안 요양하시는 동안, 우리는 축융문을 찾아 나서겠습니다."

강호오괴의 눈이 휘둥그레졌다. 전혀 생각하지도 않았던 선택지를 들은 것처럼 그들은 서로를 돌아보며 눈빛으로 의견을 교환했다.

그러는 가운데 진 당주는 계속해서 말했다.

"노인장들께서 완쾌하시면, 그게 보름이 되었든 열흘이 되었든 상관없이 곧장 이곳을 떠나 우리를 따라오시면 될 겁니다. 축융문과의 일을 성사하는 과정에는 분명 노인장들의 도움이 반드시 필요할 테니까요."

가만히 듣고 있던 초목아의 눈도 커졌다.

'와, 그냥 무뚝뚝하고 일 잘하는 아저씨인 줄 알았는데 인제 보니 언변도 상당히 뛰어나네?'

확실히 진재건의 언변은 범상치 않았다.

단번에 화제를 돌려 자신의 이야기에 사람들의 이목을 집중하게 만드는 방법도 알고 있었고, 또 상대방의 필요성을 역설하여 그들의 기분을 상하지 않게 하는 방법도 잘 알고 있었다.

그런 까닭에 강호오괴는 다들 미소를 지은 채 고개를 끄덕이며 진재건의 말에 동의했다.

"하기야 우리의 도움이 반드시 필요하지."

"우리가 없으면 되던 일도 안될 테니까."

"나는 저 친구의 제안이 마음에 들어. 아마도 우리가 할 수 있는 최선의 방법이지 않을까 싶고."

노인들은 곧 이마를 맞대고 심사숙고하기 시작했다. 그들은 대부분 전음술로 대화를 나눴고 가끔 "흠." "으음."

하며 감탄사를 흘렸기에, 지켜보던 진 당주나 담호, 초목아 모두 궁금한 표정을 지었다.

"솔직히 말하자면 말이다."

이윽고 무불통지 노로통이 담호를 바라보며 입을 열었다.

"그 누구에게도 축융문의 소재지에 대해서 발설하지 않겠다는 맹세를 한 적이 있었다. 그걸 어기면 나는 개만도 못한 놈이 된다는 조건까지 내걸면서 말이지."

노로통의 말에 담호는 진지한 표정으로 말을 받았다.

"그런 중한 맹세라면 굳이 말씀하지 않으셔도 됩니다. 할아버지들께서 완쾌할 때까지 기다리는 것도……."

"아니, 확실히 저 친구 말대로 그건 시간 낭비일 뿐이야. 네가 축융문을 찾는 동안 우리는 치료에 전념하고, 그렇게 완쾌한 우리들이 곧 널 도와주러 달려가는 게 확실히 논리적이고 이치에 맞는 일이니까."

"하지만 그럼 그 맹세는……."

"맹세는 말이지. 누구에게도 발설하지 않겠다는 거였으니까. 하지만 내가 혼잣말을 하는데 누가 엿듣는다면 그것까지는 어찌할 수 없지 않겠느냐?"

"와, 그거 정말 어떻게 할 수 없는 일이네요!"

초목아가 킬킬 웃으며 고개를 끄덕였다.

담호는 살짝 멋쩍은 표정을 지었다. 그야말로 '눈 가리고 아옹'인 게지만, 그렇다고 노로통에게 그런 식으로 말할 수는 없는 노릇이었다.

"이리 가까이 와라."

노로통의 말에 담호는 망설이면서 그의 곁으로 다가갔다. 초목아가 고개를 길게 빼자, 다른 노인들이 일제히 헛기침했다. 진재건이 초목아를 보며 말했다.

"잠시 우리는 나가 있죠."

"하지만……."

초목아는 망설이다가 노인들의 고집스러운 눈빛을 보고는 결국 포기한 듯 진재건을 따라 방을 나섰다.

이윽고 강호오괴와 담호만이 방안에 남게 되었다. 노로통이 담호를 곁에 앉힌 채 부드러운 어조로 말했다.

"우리는 굳이 네 수발을 받고 싶지 않구나."

"네?"

갑작스러운 말에 담호의 눈이 휘둥그레졌다. 노로통이 다정한 눈빛으로 담호를 바라보며 말을 이었다.

"그저 우리는 네 평소 하는 행동이나 말이 한없이 기특하고 귀여워서 손자처럼 생각하고 예뻐했을 뿐이다. 그게 욕심이 되다 보니 손자가 아니라 제자로 삼고 싶다는 생각이 들었고, 그래서 네 사부와 본의 아닌 싸움을 벌이게 된 게다. 결과가 이리된 것에 대해서는 정말 미안하게 생각한다."

그러자 다른 노인들도 일제히 입을 맞춰 말했다.
"정말 미안하게 생각한단다."
"미안해."
담호는 노로통과 다른 사괴의 갑작스러운 사과에 당황해하며 어쩔 줄을 몰랐다.
"아뇨. 미안해하실 것 없습니다. 그저 하루라도 빨리 쾌차하시면 됩니다."
"그래. 하루라도 빨리 자리를 털고 일어나서 널 도와주러 갈 게야. 그건 걱정하지 말고. 어쨌든 그 내기 무승부로 하자는 말이니까."
전혀 생각하지도 않은 뜻밖의 제안에 담호는 당황하고 황당하여 한순간 얼빠진 사람처럼 멍한 표정을 지었다.

3. 작별

정신을 차린 담호는 살짝 말을 더듬으며 말했다.
"아…… 네. 알겠습니다. 무승부로 하죠."
"좋아. 그럼 하나는 끝났군."
담호의 대답과 노로통의 선언에 다른 노인들이 안도의 한숨을 내쉬었다. 그들 모두 마치 커다란 짐을 덜어 낸 듯 홀가분한 표정을 지었다.

'이 와중에도 내기 결과에 대해서 저렇게 절실하게 매달리다니……. 역시 특이한 분들이시라니까.'

담호가 그런 생각을 하고 있을 때 노로통이 마치 혼잣말처럼 중얼거리기 시작했다.

일순 담호는 정신을 바짝 차리고 노로통의 혼잣말을 듣다가 문득 눈이 휘둥그레지고 입이 저절로 벌려졌다.

"네? 그게 진짜입니까?"

노로통은 담호의 말을 듣지 못했다는 듯이 계속 혼잣말을 중얼거렸다. 담호는 어이가 없다는 표정으로 노로통을 지켜보았다.

이윽고 혼잣말을 모두 끝낸 노로통은 그제야 담호가 제 곁에 앉아 있다는 걸 알아차린 척하며 깜짝 놀란 표정을 지었다.

"응? 언제부터 거기 있었던 게냐? 설마 내가 혼잣말을 중얼거리는 걸 엿들은 건 아니겠지?"

담호는 어색하고 쑥스러운 표정을 지으며 대답했다.

"네. 아무 이야기도 듣지 못했습니다."

"흠, 그럼 다행이고. 하마터면 내가 개가 될 뻔했구나."

노로통은 그렇게 말하며 활짝 웃었다.

"뭐래? 뭐라고 했는데? 소재지가 어딘데?"

초조한 표정을 지은 채 복도에서 기다리던 초목아는 방

담호, 저귀와 해후(邂逅)하다 〈161〉

을 나선 담호를 따라다니며 계속해서 물었다. 담호는 아무 말 없이 일층 대청으로 내려왔다.

초목아가 더욱 안달이 난 얼굴로 물었다.

"가르쳐 주면 안 돼? 설마 너도 개가 된다는 맹세를 한 거야?"

"응. 그런 것과 비슷한 맹세를 했어. 그래서 누나는 물론 누구에게도 말하면 안 돼."

담호는 그렇게 말한 후 대청 탁자에 앉아서 기다리고 있던 고봉 진인의 맞은편 자리에 앉았다. 뒤따라온 초목아와 진 당주도 자리에 앉았다.

홀로 술을 마시고 있던 고봉 진인이 물었다.

"그래, 어찌 되었느냐?"

담호는 방 안에서 있었던 일에 대해 간략하게 설명했다. 고봉 진인이 고개를 끄덕이며 말했다.

"가장 좋은 해결 방안을 찾았구나. 잘했다."

"진 아저씨께서 찾아 주셨어요."

담호의 말에 진 당주가 머쓱한 표정을 지으며 말했다.

"다들 그리 생각하고 있었을 겁니다. 단지 오괴 어르신들이 하도 괴팍한 분들이라 쉽게 말을 꺼내지 못했을 겁니다."

초목아가 어깨를 으쓱이며 말을 받았다.

"아, 물론 저도 비슷한 생각을 하기는 했어요. 진 아저씨 말마따나 쉽게 말을 꺼내지 못했지만 말이에요."
"그게 중요하다."

 등 뒤에서 저귀의 묵직한 목소리가 들려왔다. 사람들이 일제히 돌아보았다. 저귀가 쟁반 가득 죽이 담긴 그릇들을 챙긴 채 주방에서 걸어 나오며 말했다.

"생각은 누구나 할 수 있지. 하지만 그 생각을 행동으로 옮기느냐, 그렇지 못하느냐에 따라서 전혀 달라지는 법이니까. 똑같이 출발했어도 성장의 차이가 나는 건 바로 그런 부분 때문이다."

 한 소리를 들은 초목아가 살짝 얼굴을 붉히며 반론을 펼치려 할 때, 저귀가 그녀에게 쟁반을 내밀며 말했다.

"자, 노인네들에게 가져다줘라."
"제가요?"
"왜? 싫으냐?"
"아, 아뇨."

 초목아는 자리에서 일어나 쟁반을 들었다. 그러고는 일부러 저귀 들으라는 듯 큰 소리로 투덜거리며 이 층으로 향했다.

"쳇! 나보다 어린 담호도 있는데 꼭 내게만 이런 궂은 일을 시키신다니까, 다들!"
"허어, 저 성질머리 하고는."

 저귀가 혀를 차며 이 층 계단으로 사라지는 초목아를

지켜보다가 문득 담호를 돌아보았다.
 "그래, 노인네들은 괜찮아 보이고?"
 "네. 아주 건강하십니다. 평소처럼 말이에요."
 "그럴 것 같았다. 내가 막판에 조금 힘을 조절했으니까."
 당연하다는 듯 저귀의 말을 받아들인 담호와 고봉 진인과는 달리 진 당주의 눈이 휘둥그레졌다.
 "그게 힘 조절을 하신 겁니까?"
 저귀가 그를 돌아보며 대꾸했다.
 "제자와 해후한 자리에서 사람 죽일 일은 없으니까."
 "아아, 그렇군요."
 진 당주는 내심 혀를 내둘렀다.
 물론 진재건 또한 저귀가 얼마나 강하고 무서운 인물인지는 익히 알고 있었다. 유랑객잔에서 일어났던 수많은 사건들을 마치 전설처럼 들었으니까.
 하지만 그가 직접 저귀의 싸우는 모습을 본 건 이번이 처음이었다. 그리고 진재건은 천하의 강호오괴를 상대로 전력을 다해 싸우는 그 광경을 보면서, 왜 화평장의 장주들이 그를 천하제일 고수라고 인정하는지 깨달았다.
 그런데 그게 전력을 다한 게 아니었다니. 진재건은 새삼스러운 눈빛으로 저귀를 바라보았다.
 저귀는 다시 담호를 돌아보며 물었다.

"그래, 그럼 언제 떠나느냐?"

담호가 조심스럽게 대답했다.

"내일 아침 일찍 떠나야 할 것 같습니다."

"그래? 그럼 육포하고 몇 가지 음식 좀 챙겨 주마. 참, 말들도 여물을 든든히 먹이고 푹 쉬게 했으니 다시 힘껏 달릴 수 있을 게다. 일노라는 친구, 그런 일에 아주 노련하더군."

일노는 언제나처럼 지금도 객잔 밖에서 말들을 지켜보고 있었다. 가까워지기는 어렵지만 가까워지면 그 누구보다도 믿음직한 사람이 바로 그런 부류였다.

"오늘은 푹 쉬도록 해라. 축융문까지 꽤 긴 여정이 될 테니까."

저귀가 담호의 어깨를 두드리며 말하자, 담호는 살짝 고개를 외로 꼬면서 중얼거렸다.

"그게…… 생각보다 긴 여정은 아닐 것 같아요."

"음? 그게 무슨 말이냐?"

"아, 아뇨. 아무것도 아닙니다."

담호가 당황하여 말을 얼버무렸다. 저귀는 그의 표정을 보고는 더 이상 캐묻지 않은 채 주방으로 돌아갔다. 그의 목소리만이 대청에 남아 잔잔하게 퍼졌다.

"양구이를 하는 중이니 조금 기다리고 있거라."

* * *

 다섯 명이 빠졌지만 짐은 그대로였다. 일노는 한 필의 말에 다섯 노인이 책임져야 했을 짐들을 가득 실으며 말의 등을 다독였다.
 "무거우면 언제든지 말하렴. 다른 녀석과 바꿔 줄 테니까."
 말이 알아들었다는 듯 가볍게 투레질을 했다.
 그때 객잔 문이 열리는 소리가 들려왔다. 담호와 진재건, 그리고 눈을 비비며 늘어지게 하품하는 초목아였다. 아직 날이 밝으려면 꽤 시간이 남았지만 벌써 길을 떠나려는 것이었다.
 그 뒤로 저귀가 한 보따리 짐을 든 채 따라나섰다.
 "받아라. 북경부까지는 먹을 수 있을 게다."
 담호는 사부가 한나절 이상 장만한 음식 보따리를 공손히 받아 들며 허리를 숙였다.
 "감사합니다."
 "네가 좋아하는 만두를 많이 넣었다. 식게 되면 맛이 없으니 국을 끓일 때 넣거나 한 번 다시 쪄서 먹어라. 달이 바뀌면 날씨도 꽤 풀릴 것 같으니 아끼지 말고 상하기 전에 다 먹고."
 "알겠습니다."

평소 무뚝뚝하기 그지없어서 한마디 이상 하지 않는 저귀가 이렇게까지나 조잘조잘 떠드는 이유를 담호는 누구보다도 더 잘 알고 있었다.

그렇다고 눈물을 보일 수는 없었다. 그저 애써 입술을 꽉 깨문 채 속으로 눈물을 삭일 따름이었다. 그게 오래간만에 만난 제자를 떠나보내는 사부에 대한 최소한의 예의였으니까.

"그래. 그럼 가 봐라. 사람들이 기다리고 있다."

"돌아오는 대로 인사드리겠습니다."

"그런 거 신경 쓰지 말고. 최대한 조심하도록 해라."

저귀는 솥뚜껑만 한 손으로 담호의 어깨를 두드렸다.

담호는 연신 허리를 숙인 후 몸을 돌려 동료들이 기다리고 있는 곳으로 향했다.

말 등에 짐을 묶은 다음 말에 올라탄 담호는 재차 저귀를 돌아보며 인사하려 했다.

그때, 객잔 이 층 창을 통해 시끄럽게 떠드는 강호오괴의 목소리가 들렸다.

"기다리고 있어라! 최대한 일찍 찾아가마!"

"보름, 아니 열흘이면 될 게야! 어쩌면 너보다 먼저 북경부에 당도할지도 모른다!"

"에이, 그건 말도 안 되지."

"뭐가 말이 안 돼? 말이 되는 소리인지 아닌지 내기할까?"

강호오괴의 환송은 이내 옥신각신 서로 다투는 소리로 이어졌다.

 담호는 쓴웃음을 흘리며 저귀에게 꾸벅 인사를 하고는 천천히 말을 몰았다. 초목아와 고봉 진인, 진재건과 일노도 저귀를 향해 작별 인사를 한 후 담호의 뒤를 따랐다.

 저귀는 그들이 언덕 아래로 내려갈 때까지 잠시 지켜본 다음 객잔 문을 닫으며 크게 소리쳤다.

 "그렇게 시끄럽게 떠들면 오늘 식사는 없을 것이오!"

 일순 이 층에서 들려오던 소란이 잠잠해졌다.

6장.
강만리, 호랑이를 잡다

오해다. 그것도 아주 고약한 오해다.
일순 강만리는 당황할 수밖에 없었다.
그 어떤 상황에서도 눈 하나 꿈쩍하지 않고
표정 한 번 달라지지 않는 그였지만 지금은 그게 아니었다.
이 오해를 어찌 풀어야 한단 말인가.

강만리, 호랑이를 잡다

1. 성난 호랑이

그날 밤 이후로 강만리 일행의 분위기는 싸늘하고 어색해져서 누구 하나 웃거나 큰 소리로 이야기하지 않았다.

그나마 필요한 말이라도 주고받는 것만으로도 다행이다 싶을 정도로, 차가운 날씨보다 더 얼어붙은 분위기였다.

무엇보다 화군악이 조용해진 점이 컸다.

농담 잘하고 짓궂은 행동이나 장난치기를 좋아하던 그가 여정을 시작한 이후 사람이 달라진 것처럼 입을 다물고 상념에 젖어 있다 보니, 그를 대신하여 이 험악할 정도로 싸늘해진 분위기를 바꿔 줄 사람이 없었던 것이었다.

'쳇, 군악 저 녀석의 입방정이 그리워지는 일이 생기다니.'

강만리는 투덜거리면서 천천히 말을 몰았다.

하지만 세상의 일은 한 치 앞도 알 수 없는 법. 사간포를 벗어난 지 얼마 지나지 않아서 화군악을 대신해서 이 얼어붙은 분위기를 바꾸는 일이 생겼다.

강만리 일행이 대망회랑으로 향하는 숲길을 따라 동쪽으로 이동하고 있을 때였다.

와아아아!

느닷없이 숲 안쪽에서 천둥과도 같은 함성이 들려왔다. 수백 명의 사내가 목이 터져라 일제히 부르짖는, 숲 전체가 부르르 떨릴 정도로 크고 우렁찬 함성이었다.

"사냥인가?"

강만리가 눈살을 찌푸릴 때, 아라가 고개를 끄덕이며 입을 열었다.

"호랑이를 사냥하는 중이다."

"호랑이?"

"호랑이에게 공포심을 줘서 한쪽으로 도망치게 하는 거다. 그곳에 사냥꾼들이 숨어 있다가 죽이는 거지."

"호오, 호랑이도 도망치는군그래."

"사람 수가 많으면 제아무리 호랑이라 할지라도 도망칠 수밖에 없다."

강만리는 아라의 말에 현묘한 이치가 담겨 있는 것 같아서 저도 모르게 그녀의 말을 곱씹었다. 그때 설벽린이 말을 몰아 다가오며 물었다.

"함성을 들어 보면 대략 삼사백 명은 족히 넘는 것 같은데, 이 지역에 그렇게 큰 규모의 여진족이 있습니까?"

"아니, 없다."

강만리는 고개를 저으며 말했다.

"사간포 일대에서 가장 큰 무리는 무두르의 족속이다. 라지만 무두르는 예서 조금 더 북쪽에 터를 잡고 있지."

무두르는 가장 작은 규모의 부락을 뜻하는 니루의 어전, 즉 우두머리였다. 몇 년 동안 그 세력을 확장하여 작년에 만났을 때는 잘란, 그러니까 최소한 다섯 개의 니루를 통합한 규모의 부족을 지휘하는 어전이 되어 있었다.

그는 수많은 갈래로 나눠진 여진족이 하나로 규합하여 중원을 침범하려는 것에 대하여 극렬하게 반대하는 족속 중 한 명이었다.

송충이는 솔잎을 먹고 살아야 한다는 게 그의 지론이었고, 무엇보다 전쟁이 벌어지면 수만, 수십만의 애꿎은 목숨을 잃게 된다는 게 그의 주장이었다.

그래서 무두르는 새로 옹립한 칸의 정책에 반대하는 무리를 한데 모으는 한편, 강만리와 연합하여 칸을 저지하고자 했다. 그게 지난번 무두르와 강만리가 만났던 결과물이었다.

 강만리는 말 등에 앉아서 팔짱을 낀 채 잠시 생각했다.

 '이 근방에 무두르만 한 세력을 지닌 자가 있다면 한번쯤 만나는 게 나을 듯한데.'

 수백 명의 전사를 이끌고 사냥에 나설 정도의 세력이라면 그 우두머리 어전을 만나서 성향을 확인해 두는 것도 나쁘지가 않았다.

 만약 칸 쪽의 성향이라면 미리 경계하고 조심해야 했고, 무두르와 비슷한 쪽이라면 친교를 맺고 우애를 다져 동맹 관계가 되어야 했다.

 강만리가 그런 생각을 하고 있는 동안 함성은 계속해서 숲은 뒤흔들었다.

 '음?'

 강만리는 고개를 갸웃거렸다. 왠지 모르게 함성이 조금씩 커지는 것이, 마치 이쪽으로 점점 더 다가오는 듯한 기분이 들었던 것이다.

 '설마?'

 강만리는 본능적으로 내공을 끌어올려 주먹에 담아 두고는 잔뜩 경계한 채 정면을 주시했다.

 그러던 한순간이었다.

 어느 순간 수풀이 흔들린다 싶었다. 동시에 검고 싯누런 거대한 물체가 바람처럼 수풀을 가르며 섬전처럼 강만리를 향해 덤벼들었다.

수풀에서 강만리까지 무려 칠팔 장이나 떨어진 거리를, 그 거대한 물체는 단 한 번의 도약으로 뛰어넘으며 강만리의 얼굴을 후려쳤다.

강만리는 반사적으로 힘껏 주먹을 내질렀다.

"안 돼!"

아라가 소리쳤다. 하지만 이미 늦었다.

강만리의 주먹에 담겨 있던 가공할 내공의 힘이 일직선으로 뻗어 나갔다. 강만리를 덮쳐들던 거대한 물체의 머리가 빠개지는 소리가 작렬했다.

동시에 그 거대한 물체는 날아오던 속도만큼이나 빠른 속도로 나가떨어지더니 더는 움직이지 못했다. 그야말로 즉사였다.

강만리는 자신을 덮쳐든 물체를 확인했다.

호랑이였다. 그것도 일반 호랑이보다 두어 배는 커 보이는, 산중대왕(山中大王) 대호(大虎)였다.

'허어, 이게 가능하기는 하구나.'

강만리는 새삼스러운 눈빛으로 호랑이를 한주먹에 때려잡은 제 주먹을 내려다보았다.

무공을 익히게 된 어느 순간부터 이 정도면 무송(武松)이 아니더라도 호랑이 한 마리 정도는 맨손으로 때려잡을 수 있지 않을까 하는 생각이 들었다.

그렇다고 당연히 호랑이를 때려잡기 위해 산속을 헤매지는 않았지만, 몇 년 전부터 생각했던 가능성이 이렇게 현실로 다가오자 절로 감회가 새로워진 것이었다.

"안 된다니까!"

아라가 다시 소리쳤다.

"무엇이 안 된다는 것이오?"

강만리가 그녀를 돌아보며 고개를 갸웃거릴 때, 그동안 침묵하고 있던 잔병의 대장이 킬킬거리며 입을 열었다.

"잘했다. 아주 잘했다. 이제 네놈의 적이 또 늘어나겠구나."

강만리는 더욱 이해하지 못한 표정을 지었다.

"적이 또 늘어나다니, 설마 호랑이들이 떼를 지어 덤벼들 거라는 말인가?"

"바보!"

아라가 재차 소리쳤다. 아닌 게 아니라 지금 그녀의 얼굴은 절박할 정도로 딱딱하게 굳어 있었다.

그 표정을 확인한 강만리는 뭔가 일이 심상치 않게 되었다고 생각하면서 입을 열었다.

"그렇게 욕만 하지 말고 차분하게 이야기해 보오. 뭐가 잘못되었는지 말이오."

바로 그때였다. 숲 저편에서 우르르 사람들이 몰려오는가 싶더니 이내 한 무리의 사내들이 수풀을 헤치고 뛰어

나왔다.

제각기 장창과 칼, 도끼로 무장한 그들은 강만리 일행을 보고 흠칫 놀라는가 싶더니 한쪽 구석에 널브러져 있는 호랑이를 확인하고는 이내 표정이 흉악하게 바뀌었다.

"잘해 봐라."

대장이 이죽거리는 가운데 사내들, 여진족 전사들이 이번에는 강만리 일행을 향해 창을 겨냥하고는 거칠고 높은 목소리로 뭔가 소리치기 시작했다.

"무슨 뜻이지? 통역해 주시오."

강만리가 아라에게 말하자 그녀는 한숨을 쉬며 말했다.

"통역할 것도 없다. 모든 게 욕이니까."

"욕? 왜 저들이 내게 욕을 퍼붓는데? 설마 자신들의 사냥감이었던 호랑이를 내가 죽였다고?"

"알긴 아는구나."

대장이 다시 이죽거리자, 별 뜻 없이 중얼거렸던 강만리의 눈이 이내 휘둥그레졌다.

"그게 진짜요? 지금 여진족 사내들이 저리도 광분하는 것이 저 호랑이 때문이란 말이오?"

"당연하지."

아라가 한숨을 쉬며 말했다.

"우리에게 있어서 남에게 사냥감을 빼앗긴다는 것만큼 치욕적이고 수치스러운 일은 없거든. 당연히 받은 만큼의 모욕을 상대에게 돌려줘야 하는 거고, 그건 곧 전쟁을 뜻하는 거다."

"허어."

강만리는 어처구니가 없었다.

느닷없이 호랑이가 튀어나와 자신의 얼굴을 후려치는 상황에서, 그럼 그게 여진족의 사냥감이었으니 그저 피하기만 해야 했던 것인가?

그 어떤 위급한 상황일지라도 감히 여진족의 사냥감은 건드리지 못한 채 이리저리 도망치고 달아나야만 했던 걸까?

물론 그게 강만리라면 상관이 없겠지만 만약 일반 백성이라면? 만약 아이들이 있는 가족이었더라면? 만약 중요한 물건이나 소식을 전달하는 파발마(擺撥馬)였다면?

여진족의 그 어이없는 관습 때문에 제대로 싸우지도 못한 채 호랑이에게 물려 죽어야 한단 말인가.

"그런 제멋대로의 행패가 어디 있나!"

강만리는 저도 모르게 울분 가득 찬 고함을 내질렀다.

비록 내공이 실려 있지는 않았지만, 한껏 욕설을 퍼붓던 여진족 사냥꾼들이 움찔거리며 입을 다물 정도로 우렁우렁한 목소리였다.

강만리는 여진족 사냥꾼들을 쏘아보며 재차 소리쳤다.

"그래, 내가 죽였다! 어쩔 거냐? 덤비려면 덤벼라! 모두 죽여 줄 테니까!"

마치 성난 호랑이가 울부짖는 포효처럼 강만리의 고함이 쩌렁쩌렁 울려 퍼졌다.

2. 고약한 오해

여진족 사냥꾼들은 선불 맞은 호랑이의 그것처럼 내뿜는 강만리의 살기등등한 눈빛에 움찔 놀라며 저도 모르게 한 걸음 뒤로 물러났다.

평소 무섭고 두려운 게 없는 호전적이고 용맹무쌍한 여진족 전사들을 떠올린다면 확실히 의외일 정도의 반응이었다.

하지만 그건 그만큼 지금 강만리가 대노하고 있다는 방증이기도 했다.

그때 여진족 사내들의 뒤쪽 숲에서 수십 명의 또 다른 사내가 튀어나왔다. 호랑이를 쫓던 사냥꾼들이었다.

그게 전부가 아니었다. 호랑이를 몰던 수백 명의 몰이꾼이 숲 전체를 에워싼 채 다가오고 있었다.

그렇게 수많은 동료가 모여들자 사라졌던 용기와 용맹

이 되살아난 것일까. 여진족 사냥꾼들은 다시 강만리에게 질세라 더욱 크고 강렬한 고함을 지르기 시작했다.

"동료들에게 고자질을 하고 있다. 그대가 호랑이를 빼앗았다고 말이다."

아라의 통역을 들으며 강만리는 천천히 말에서 내렸다. 설벽린이 그 뒤를 따라 말에서 내리며 물었다.

"싸우실 겁니까? 그럼 저도……."

설벽린이 오른팔 의수를 만지작거리며 말하자 강만리가 고개를 저었다.

"아니다. 너는 가만히 지켜보고 있어라. 내가 알아서 다 죽일 테니까."

"아니. 그렇다고 죽이면 안 되죠, 형님."

설벽린이 반대했다.

"만에 하나 저들이 우리에게 우호적인 성향을 지닌 부족일 수도 있잖습니까? 자칫 아군이 될 수 있는 패륵 하나를 적으로 돌릴 수 있습니다!"

설벽린의 말에 격노했던 강만리의 머릿속이 맑아졌다. 강만리는 길게 호흡을 내쉬며 차분하게 마음을 가라앉혔다. 그러고는 고개를 돌려 설벽린을 바라보며 말했다.

"고맙다. 살다 보니 네 도움을 다 받는구나."

설벽린이 어이없어했다.

"그건 또 무슨 말씀이십니까? 매번 제게 도움을 받지

않으셨습니까?"

"설마."

강만리가 웃으며 말을 이으려 할 때였다.

"위험하다!"

여진족 사냥꾼들에게서 시선을 떼지 않고 있던 아라가 벼락처럼 소리쳤다.

강만리가 빠르게 몸을 돌렸다. 서너 자루의 장창이 허공을 가르고 강만리를 향해 폭사해 왔다.

그건 강만리가 등을 돌린 틈을 노린 여진족 사냥꾼들이 내던진 장창들이었다.

호랑이와 곰의 거죽을 꿰뚫고 생명을 빼앗는 강맹한 일격!

살의가 가득 담긴 서너 자루의 장창이 거친 파공성과 함께 날아들 때, 강만리는 침착하게 두 손으로 허공을 휘저었다.

다음 순간 장창들은 보기 좋게 그의 두 손 가득 가지런히 쥐어졌다.

놀란 여진족 사냥꾼들이 재차 장창을 던졌다. 동시에 십여 명의 사내들이 칼과 도끼를 휘두르며 강만리를 향해 덤벼들었다.

그들의 고함은 통역을 통하지 않고서도 강만리도 충분히 알아들을 수 있었다.

"죽여라!"

"니칸 따위, 단번에 해치우자!"

강만리는 어깨를 비틀어 창을 피하면서 코웃음을 쳤다.

"흥! 벽린 때문에 목숨을 부지했다는 것만 알아 두어라."

동시에 강만리는 창들을 거꾸로 쥐고 두 손을 풍차처럼 휘둘렀다.

파파팍!

요란한 소리와 함께 창은 몽둥이처럼 여진족 사냥꾼들의 머리와 어깨, 옆구리와 허벅지를 가리지 않고 난타했다.

말 그대로 몽둥이질이었고, 매타작이었다.

강만리가 휘두른 장창에 얻어맞은 사냥꾼들이 옆으로 픽픽 쓰러졌다.

하지만 그걸 보고 물러설 여진족이 아니었다. 수십 명이 덤벼들었다. 그 뒤로 수백 명이 달려왔다.

강만리는 두 손에 침을 퉤! 뱉으며 자세를 고쳐잡았다.

"좋아! 어디 신명 나게 놀아 보자꾸나!"

강만리는 자신을 향해 덮쳐 오는 여진족에게 고함을 지르며 앞으로 튀어 나갔다.

그의 두 손이 보이지 않을 정도로 빠르게 움직였다. 그의 손에 쥐어진 장창이 낭창낭창 휘어지며 허공을 가를 때마다 퍽! 퍽! 소리가 요란하게 들려왔고, 얼굴을 얻어

맞은 자가 복부를 찔린 자가 옆구리를 후려 맞은 자가 저마다 맞은 부위를 감싸고 바닥에 나동그라졌다.

그렇게 쓰러뜨린 자들을 지나쳐 곧장 앞으로 내달리는 강만리의 보법은 한 치의 흔들림도 없었다.

과거 북경부 저잣거리에서 수많은 사람의 인파를 헤치며 연습했던 칠성둔보(七星鈍步)가 지금 강만리의 두 발에서 화려하게 펼쳐지고 있었다.

일곱 걸음의 변화와 반복으로 상대를 현혹하고 방위를 이동하는 보법.

자세가 안정되어 전후좌우의 변환이 자유롭고 민첩하며 변화무쌍하여 수백 명이 빽빽이 들어서 있는 골목에서도 옷깃 하나 스치지 않고 빠져나갈 수 있는 보법.

그 칠성둔보의 십성(十成) 공력이 지금 강만리의 발끝에서 고스란히 피어나고 있었다.

수많은 여진족 전사들은 강만리가 어떻게 자신의 곁을 스쳐 지나갔는지도 모른 채, 또 어떤 방향에서 날아든 장창에 얻어터졌는지도 모른 채 땅바닥에 나뒹굴어야 했다.

강만리가 걸어간 길을 따라 좌우로 여진족 전사들이 쓰러진 채 지렁이처럼 꿈틀거렸다. 신음과 비명이 숲 전체를 뒤덮었다.

그러나 강만리는 멈추지 않았다. 숲 저편에서 쉬지 않

고 꾸역꾸역 밀려드는 여진족 사냥꾼들을 향해 그는 거침없이 진격하며 장창을 휘둘렀다.

그때였다.

"멈춰라!"

살기 어린 묵직한 목소리가 쩌렁쩌렁하게 울려 퍼졌다.

'내가 왜?'

강만리는 내심 코웃음을 치면서 계속해서 장창을 휘둘러 여진족 사냥꾼들을 후려 패려다가 문득 그 목소리가 귀에 익다는 사실을 깨닫고는 황급히 손을 거둬들였다.

그리고 칠성둔보의 보법을 풀어 걸음을 멈춘 다음 소리가 들려온 숲속으로 고개를 돌렸다.

우탕탕탕!

다급하게 달려오는 기척이 느껴졌다. 그리고 얼마 지나지 않아 한 명의 건장한 근육을 지닌 사내와 십여 명의 무리가 조금 전 호랑이처럼 느닷없이 수풀 사이를 헤치고 모습을 드러냈다.

"뭐야?"

강만리가 씨익 웃었다.

"무두르, 네 수하들이었나?"

그랬다. 느긋하게 수하들의 범 사냥을 지켜보고 있다가 갑작스러운 난리에 깜짝 놀라 뒤늦게 달려온 이 사내는 다름 아닌 잘란 어전 무두르였다.

어깨가 들썩일 정도로 전력을 다해 달려온 무두르는 격하게 숨을 내쉬면서 주위를 둘러보았다.

못해도 백 명 이상 되는 사내가 땅바닥에 쓰러진 채 꿈틀거리고 있었다. 강만리의 장창에 얻어맞은 부위는 벌써 크게 부풀어 올랐고 시커먼 멍까지 들어 있었다.

"네가 한 짓이냐?"

무두르가 살기 어린 시선으로 강만리를 쏘아보며 물었다. 반가운 얼굴로 그에게 다가가 포옹하고 뺨을 비비려 했던 강만리가 살짝 무안해졌다.

"응. 내가 했다."

"역시 니칸인가? 이렇게 배신하는 건가?"

"무슨 소리? 저들이 먼저 내게 공격했다. 애당초 네 수하인 것도 몰랐고."

그때 몰이꾼들이 다가와 무두르에게 뭔가 소곤거렸다. 아무래도 자신들의 사냥감을 빼앗겼다고 이르는 모양이었다.

강만리가 한숨을 쉬며 먼저 말했다.

"길을 가는 도중에 갑자기 숲속에서 호랑이가 튀어나왔다. 날 죽이려 하는데 가만히 당하고만 있을 수 있겠나? 당연히 주먹을 날렸고, 놈은 내 주먹 한 방에 나가떨어졌다."

무두르는 몰이꾼들의 이야기를 들으면서 강만리에게서

시선을 떼지 않았다. 말을 마친 강만리는 어깨를 으쓱거렸다.

무두르는 힐끗 시선을 돌렸다.

대략 백 보 정도 되는 거리, 그 길을 따라 좌우로 쓰러져 있는 백여 명의 수하들. 그 너머로 널브러져 있는 호랑이 한 마리. 그리고 강만리의 일행으로 보이는 사내들과 여인.

일순 무두르의 눈빛이 강렬하게 빛났다. 그의 얼굴에 담겨 있던 흉악한 표정이 거짓말처럼 사라졌다.

그는 껄껄껄 웃으면서 몰이꾼들에게 말했다. 그건 강만리도 익히 들어 알고 있는 말이었다.

"걱정 마라. 이 니칸은 내 벗이다."

그렇게 말한 무두르는 강만리를 향해 성큼성큼 다가와 두 팔을 벌렸다.

몰이꾼들을 비롯한 여진족 전사들이 놀라 소리쳤다. 아마도 위험하다는 뜻이리라.

강만리는 두 팔을 벌리고 그를 껴안았다. 이른바 허리를 껴안는다는 포요(抱腰)의 방식. 무두르가 속한 족속 특유의 인사법이었다.

뒤를 이어 강만리와 무두르는 얼굴을 비볐다. 포요에 이어지는 접면(接面)의 예법이었다.

그렇게 한 차례 인사를 나눈 후 무두르는 수하들을 둘

러보며 크게 외쳤다.

"이 니칸은 내 벗이다! 호랑이를 한 손으로 때려잡고 백 명의 전사를 쓰러뜨리는 힘과 용맹을 지닌 내 벗이다!"

여진족 사내들은 우물쭈물하며 서로를 돌아보았다. 그들 대부분 방금까지 목숨을 걸고 싸웠던 강만리를 어찌 대해야 할지 모르겠다는 얼굴이었다.

무두르는 계속해서 소리쳤다.

"내 벗에게는 터러가 있다! 숲이 그를 보호하고 지켜준다! 내 벗은 곧 우리의 벗! 터러가 있는 자가 우리의 벗이니, 이제 우리는 세상에서 두려워할 게 아무것도 없다!"

그의 외침이 이어지는 동안 여진족 사람들의 표정이 바뀌어 갔다. 터러가 있다는 말에 그들은 놀라고 흥분한 듯 웅성거렸고, 두려울 게 없다는 말에 마침내 환호성과 함성을 내질렀다.

강만리는 살짝 고개를 갸웃거리며 말했다.

"네 부하 중에서 나를 모르는 사람들이 꽤 많은 모양이로구나."

무두르가 고개를 끄덕였다.

"이번 사냥에 나선 이들은 새로 우리 무리에 합류한 부족이니까."

"그래? 아니, 그나저나 왜 이곳에 있는 건데? 원래 너는 사간포 북쪽에 자리 잡고 있지 않았나?"

"하하하!"

무두르가 우렁차게 웃으며 말했다.

"내가 이곳에 있다는 건 곧 이곳 역시 내 세력이라는 뜻이지! 작년의 나와 올해의 나는 또 다르다. 나는 이미 세 잘란을 합병했으니까."

강만리의 눈이 휘둥그레졌다.

"세 잘란? 그렇다면 이제 대추장, 패륵이 된 건가?"

일순 무두르의 표정에 살짝 난감한 기색이 스며들었다.

"허험. 패륵까지는 아니고. 하지만 이제 확실히 거추장이라 부를 수 있다."

우두머리의 명칭은 얼마나 많은 휘하를 두고 있느냐에 따라서 달라졌다. 거추장은 대략 오륙천 정도의 휘하가 있어야 불릴 수 있는 칭호였다.

작년 겨울 만났던 무두르는 강만리가 거추장이라고 불렀을 때 매우 당황하고 난감한 표정을 지었다. 하지만 이제는 스스로 떳떳하게 자신을 거추장이라고 말할 정도로 더욱더 세력을 키운 것이었다.

이번 호랑이 사냥은 새롭게 영합한 부족의 전사들이 어느 정도의 역량을 지니고 있는지 확인하기 위해서, 또 그들과 합(合)을 맞추기 위한 사냥이었다.

그런 와중에 느닷없이 강만리가 나타나서 자신의 새로운 수하들을 마구 쓰러뜨릴 줄은 욱일승천하던 무두르조차 감히 예상하지 못한 일이었다.

"그런데 저 여인, 누구냐?"

무두르가 문득 낮은 목소리로 소곤거렸다.

"여인? 누구? 아, 아라?"

"오호. 아라라는 이름을 가졌구나. 흠, 몸매만큼이나 이름도 멋지다."

무두르는 힐끗 아라를 훔쳐보고는 강만리의 손을 덥썩 잡으며 말했다.

"고맙다, 벗이여."

"응? 뭐가?"

"날 위해 내 아내가 될 여인을 찾아서 이렇게 데리고 오다니. 역시 넌 내 최고의 벗이다."

"응? 뭐라고?"

오해다. 그것도 아주 고약한 오해다.

일순 강만리는 당황할 수밖에 없었다. 그 어떤 상황에서도 눈 하나 꿈쩍하지 않고 표정 한 번 달라지지 않는 그였지만 지금은 그게 아니었다.

이 오해를 어찌 풀어야 한단 말인가.

3. 나는 아직 혼자다

오해는 간단하게 풀렸다.
아라가 대놓고 이야기한 것이었다.
"나, 이 사람의 아내다."
무두르는 그녀가 가리킨 설벽린을 돌아보고는 휘둥그레 눈을 떴다.
"니칸? 니칸이 남편인가?"
"그렇다."
"하하하! 너 같은 여전사가 니칸을 남편으로 모시다니. 믿을 수 없다."
무두르는 고개를 저으며 말했다.
"지금 이 상황을 넘기려는 수작인 것 같다. 내가 그리 어리석은 줄 아느냐?"
강만리는 웃지도 울지도 못하는 얼굴이 되었다.
'그럴 줄 알았다.'
무두르의 성격이라면 아라의 말을 송두리째 부정하고 오로지 제 생각만을 관철하려 들 게 뻔했다.
역시 간단하게 풀릴 오해가 아니었다.

* * *

울울창창한 숲 가운데 항아리처럼 자리 잡은 분지(盆地). 수십만 평에 달하는 거대한 분지 안에는 천여 채의 크고 작은 움막이 세워져서 하나의 마을을 이루고 있었다.

"곧 농사도 할 수 있다."

무두르는 강만리 일행을 이끌고 제집으로 향하며 어깨를 으쓱거렸다.

"사슴 오백 마리, 멧돼지 칠백 마리, 양 천 마리를 키운다. 만주 일대를 통틀어 나만 한 부자가 없을 것이다."

강만리는 고개를 끄덕이며 속으로 중얼거렸다.

'이건 왠지 나 들으라고 하는 소리가 아닌 것 같군.'

그랬다. 평소 강만리가 아는 무두르라면 결코 이런 식으로 자신의 부(富)를 자랑할 리 없었다. 무두르의 관심은 돈이 아니라 명예였으며, 그가 모으고자 하는 건 부가 아니라 사람이었으니까.

아니나 다를까, 무두르는 연신 힐끗힐끗 아라를 바라보면서 계속해서 말을 이어 나갔다.

"나는 아직 혼자다. 아내도 없고 애인도 없다. 물론 혼사 제의야 많았다. 내게 굴복한 어전과 소추장들이 자신의 딸, 부족의 미녀들을 내게 바치려고 했다. 하지만 나에게 걸맞은 아내, 만주 일대를 함께 호령할 수 있는 아내를 맞이하기 위해 여태 나는 혼자다."

강만리는 속으로 한숨을 쉬었다.

그야말로 구구절절한 구애였으며 구혼이었다. 만약 강만리가 여진족의 여인이었더라면 홀딱 반할지도 모르는 웅변이기도 했다.

그러나 아라는 전혀 관심이 없었다. 무두르의 말은 전혀 들리지 않는다는 듯이, 그녀는 자신보다 키가 작은 설벽린과 어깨를 나란히 한 채 이야기를 나누며 말을 몰았다.

무두르는 아라의 탄탄한 근육질의 몸매를 연신 훔쳐보았다. 어지간한 사내보다 훨씬 크고 건장한 체격과 불처럼 타오르는 붉은 머리, 그리고 호수보다 깊어 보이는 푸른 눈빛은 그야말로 무두르의 이상형 그 자체였다.

무두르 일행이 거대한 호랑이를 잡아 온 모습에 분지 안 사람들은 모두 환호성을 터뜨렸다.

하지만 곧 동료들에게 업혀서 돌아온 부상자들을 보고는 크게 놀라고 안타까워하며 염려했다.

"역시 평범한 호랑이가 아니다. 저렇게 많은 전사를 다치게 한 걸 보면."

"그래도 대단하잖아? 저렇게 많이 다치면서도 끝까지 포기하지 않고 결국에는 호랑이를 잡았으니까."

분지의 사람들은 대부분 그런 식의 이야기를 나누면서 부상자들의 빠른 회복을 기원했다.

그러는 동안 무두르의 집에 당도했고, 강만리 일행은

말에서 내렸다.

마을 중앙에 위치한 가장 크고 높은 움막. 그게 세 개의 잘란을 복속시킨 거추장 무두르의 집이었다.

"오래간만에 벗을 만났는데 하룻밤도 재우지 않고, 아무것도 먹이지 않고 보내는 건 예가 아니지."

사실 강만리는 무두르의 그런 말에 난색을 취하며 거절하려 했다. 하지만 잔병의 대장과 두 동료는 물론, 심지어 아라까지 당연하다는 듯 고개를 끄덕이며 그의 초대를 받아들였다.

결국 그런 연유로 잠시 여정을 멈추고 예까지 오게 되었으니, 당연히 잔치는 필수였다.

잔치를 준비하는 동안 무두르의 움막에 머물게 된 강만리는 화군악을 시켜 칸에게 전할 예물 중 몇 가지를 가지고 오게 했다. 화군악은 잠자코 수레의 짐을 풀어 보따리 두 개를 꺼내 들고 왔다.

강만리는 무두르에게 보따리들을 정중하게 건네며 말했다.

"벗을 위해 준비한 물건일세. 대단한 건 아니지만 받아주게나."

무두르는 기뻐하며 얼른 보따리를 풀었다.

하나의 보따리에는 금과 은, 보석으로 장식한 검 한 자루가, 다른 하나의 보따리에는 구슬만 한 크기의 진주로 만들어진 목걸이가 있었다.

"좋군!"

무두르는 진심으로 기뻐했다.

"이 두 가지 선물은 지금의 내게 딱 어울리는 선물들이다."

그는 검을 높이 들며 말했다.

"이 검이야말로 만주를 호령할 내 신위를 상징하는 증표가 될 것이다."

무두르는 다시 진주목걸이를 보며 말했다.

"그리고 이 목걸이는 내 아내에게 줄 첫 번째 선물이다."

무두르의 말이 끝나기가 무섭게 잠시 볼일을 보고 온 아라가 움막 안으로 들어섰다.

강만리는 내심 두근거리는 마음으로 다음에 벌어질 광경을 기대했으며, 설벽린은 괜한 낯을 찌푸리며 팔짱을 꼈다. 화군악은 여전히 주변 일은 전혀 신경 쓰지 않는다는 듯 지그시 눈을 감은 채 꾸준하게 무언가를 외우는 모습이었다.

무두르를 비롯한 사내들의 시선이 자신에게로 쏠리자 아라는 쾌활하게 웃으며 말했다.

"아, 미안. 오줌을 싸고 왔다."

강만리는 내심 한숨을 쉬었다. 너무나 솔직해서 차마 뭐라 딴죽을 걸 수도 없었다.

무두르는 개의치 않고 곧장 자리에서 일어나 아라에게

진주목걸이를 건네며 말했다.
"천하에 여인이 아무리 많아도 이 목걸이의 임자는 오직 당신뿐이다."
"아름다운 목걸이네."
아라가 눈빛을 반짝이며 환하게 웃었다.
"정말 내게 주는 건가?"
"물론이다. 이건 어디까지나 내 아내……."
"잠깐만."
설벽린이 벌떡 일어나며 말했다.
"그 목걸이 받지 마오, 아라."
아라의 눈이 휘둥그레졌다.
"왜?"
"그건 그러니까……."
일순 설벽린은 말문이 막힌 듯 말을 잇지 못했다. 무두르가 호탕하게 웃었다.
"푸하하하! 알고 보니 말 하나 제대로 하지 못하는군그래. 좋아, 내가 말하지. 조금 전 선언했다. 이 목걸이는 내 아내에게 주는 첫 번째 선물이라고."
"아."
아라는 그제야 설벽린이 왜 방해했는지 알 것 같다는 표정을 짓더니, 이내 방실방실 웃으며 설벽린에게 말했다.

"아휴, 귀여워라. 내가 진짜로 걱정된 모양이네? 당신을 버리고 이 남자에게 갈지 모른다고 말이야."

"허험. 그, 그건 아니지만……."

"괜찮다. 걱정할 것 없어. 우리 여진족 여인은 죽을 때까지 절대 남편을 버리지 않으니까."

"맞다. 그게 우리 여진족 여인들의 매력이지."

무두르가 흔쾌히 인정했다. 하지만 그는 곧 빙긋 미소를 지으며 말을 이었다.

"그러나 그건 어디까지나 남편이 살아 있을 때의 이야기. 남편이 죽으면 여인은 언제든지 또 다른 사내의 아내가 된다. 그게 또 여진족 여인들의 매력이고."

일순 무슨 생각이 들었는지 아라의 표정이 급변했다. 그녀는 들고 있던 진주목걸이를 바닥에 내던지면서 말했다.

"허튼 생각 하지 마라."

무두르는 어깨를 으쓱거렸다.

"허튼 생각이라니? 나는 그저 내 벗과 벗의 동료들에게 최고의 잔치를 열어 줄 생각밖에 없다."

아라는 무두르를 노려보며 으르렁거리듯 말했다.

"내 남편은 내가 지킬 것이다. 만약 손가락 하나 대는 날에는 네놈 목이 잘릴 것이다."

"호오, 무섭군. 그리고 감탄했다. 이렇게 남편을 위해 목숨을 거는 것 역시 여진 여인의 매력이지."

무두르는 전혀 싸울 의사가 없다는 듯 두 손을 높이 들며 말했다.

"나는 샤할리얀 잘란의 어전 무두르다. 내 벗과 동료들을 초대한 자리에서 함부로 싸울 사람이 아니다. 그러니 걱정하지 말고 잔치를 즐겨라."

"정말이지?"

"내 벗이 증인이 되어 줄 것이다."

아라의 시선이 무두르를 떠나 강만리에게로 향했다. 강만리는 고개를 끄덕이며 말했다.

"확실히 한 입으로 두말하는 사내는 아니오."

"좋아, 그럼."

아라는 표정을 풀고는 냉큼 설벽린 곁으로 다가가 함께 자리에 앉았다. 설벽린은 왠지 불안한 느낌을 지우지 못한 채 자리에 앉으며 무두르를 바라보았다.

그러나 무두르는 이미 아라를 기억에서 지운 듯, 강만리와 함께 즐겁다는 듯이 대화를 나누고 있었다.

7장.
강만리, 무두르를 만나다

"남의 말만 듣고서 사람을 평가하는 것처럼 어리석고 위험한 일은 없다.
내가 직접 보고 대화를 나눠야만
비로소 그 사람의 됨됨이를 알 수 있고 평가할 수 있는 게다."

강만리, 무두르를 만나다

1. 싸우자

작년 잔치와는 그 규모와 위세가 전혀 달랐다. 수백 마리의 오리와 돼지와 양이 모닥불 위에서 통째로 구워졌다.

마유주(馬乳酒), 백주(白酒) 등의 술과 여진족 특유의 국물 요리들이 마을 거리 한복판을 가득 채웠다.

추운 날씨임에도 불구하고 반라의 여인들이 무두르와 강만리 일행 앞에서 자극적인 춤을 췄다. 노랫소리와 박자가 흥겨웠는지 "그럼 나도." 하고는 아라가 자리에서 일어나 합세했다.

아라는 확실히 눈에 띄었다.

여진족 평범한 여인들보다는 머리 두 개 정도가 큰 키에, 두 명의 여인이 그녀의 등 뒤에 나란히 서 있어도 눈치채지 못할 정도로 넓은 어깨와 단단한 근육질의 체격.

 그럼에도 불구하고 젖무덤은 크고 허리는 날씬하며 둔부는 탱탱하고 허벅지는 단단하며 종아리는 날씬하게 빠져서, 보는 사람으로 하여금 절로 침을 꿀꺽 삼키게 하는 몸매를 지녔다.

 설벽린은 잘 알고 있었다.

 그 강인한 두 허벅지로 자신의 허리를 옥죌 때의 느낌이 어떠한지, 저 울퉁불퉁 근육이 튀어나온 두 손으로 그의 목을 감싸 안을 때의 기분이 어떠한지, 그리고 풍만한 젖무덤에 얼굴을 묻을 때의 감촉이 또 얼마나 절묘한지 오로지 설벽린만이 알고 있었다.

 그래서였을까.

 "부럽군."

 무두르가 저도 모르게 중얼거렸다.

 설벽린이 그를 돌아보았다. 무두르는 마유주를 증류해서 만든 아르히를 마시며 아라를 똑바로 쳐다보고 있었다. 그의 눈빛이 이글이글 타오르는 걸 보면서 설벽린은 내심 우쭐했다.

 '그래 봤자 내 여자다.'

 그렇게 속으로 중얼거리던 설벽린은 문득 깜짝 놀라고

말았다.

 언제부터 아라를 자신의 여자라고 생각했던 걸까.

 설벽린은 고개를 갸웃거렸다.

 빙궁에서 그녀의 코를 깨물었을 때도, 그녀가 이제 말 그대로 코가 꿰었다면서 설벽린을 쫄래쫄래 따라다닐 때도 그저 한없이 귀찮고 짜증스럽기만 한 상대였다.

 힘에 눌려 그녀의 아래에 깔리고, 그 와중에도 치욕적으로 발기가 되는 바람에 어쩔 도리 없이 그녀와 정사를 나눈 후에도 역시 마찬가지였다.

 아무렇지 않게 '내 남자'라는 표현을 즐겨 하는 아라와는 달리, 설벽린은 단 한 번도 그녀를 내 여자라고 말한 적이 없었다.

 그런데 조금 전 설벽린은 무두르가 아라에게 진주목걸이를 선물하려 할 때 거침없이 그의 앞을 가로막고 나섰다.

 그건 왜 그랬던 걸까.

 설마 질투라도 했던 것일까.

 '에이.'

 설벽린은 고개를 흔들며 피식 웃었다.

 태어나서 지금까지 단 한 번도 질투라는 걸 해 본 적이 없는 그였다.

 그에게 있어서 여인이란 언제든 갈아탈 수 있는 배에

불과했다. 오면 마다하지 않고, 가면 아쉬워하지 않았다.

서안에서 잠시 사귀고 혼약까지 했던 위천옥 또한 따지고 보면 다른 여인들과 별반 다를 바가 없었다.

위군옥은 나름대로 그가 진심으로 사랑했던 두 여인 중 한 명이었지만, 그녀가 공동파의 말코 도사 나부랭이와 뭔가 교감을 나누는 장면을 보고도 전혀 질투심이 일지 않았다.

결국 그녀를 사랑한 게 아니었다. 사랑한 척, 자신의 감정을 속였을 뿐이었다.

어쩌면 설벽린은 평생 그 누구도 사랑할 수 없는 성격인지도 몰랐다. 그렇게 생각했다. 설벽린은 자신의 모든 감정을 송두리째 흔들어 놓을 여인은 이 강호무림에 존재하지 않는다고 생각했다.

그리고 그건 사실이었다. 적어도 아라는 강호무림의 여인이 아니었으니까.

"무슨 생각을 그리 깊이 하는 겐가?"

문득 묵직한 목소리가 들렸다. 설벽린은 퍼뜩 상념에서 깨어나 고개를 돌렸다.

무두르가 그를 보며 웃고 있었다. 설벽린이 어색하게 웃자 그는 아르히를 잔뜩 따른 술잔을 건넸다.

제법 도수가 높은 술. 하지만 여전히 희미하게나마 젖내가 남아 있어서 익숙하지 않은 사람은 절로 코를 찌푸리게 만드는 술.

설벽린은 거침없이 술을 비운 다음 다시 아르히를 따라 무두르에게 돌려주었다. 무두르도 단번에 술을 비웠다. 그렇게 연달아 대여섯 번의 술잔이 오갔다.

술을 마실수록 취기가 올랐지만 설벽린의 정신은 한없이 맑고 투명해서 마치 유리와도 같았다. 자칫 잘못 건드렸다가는 챙! 하는 소리와 산산조각이 나는 유리.

"괜찮은 사내군. 처음 봤던 것보다는."

무두르가 어깨를 으쓱거리며 말했다.

"하지만 아직 내 벗이 될 수는 없다. 여진의 전사는 벗의 아내에게 손을 대지 않으니까."

설벽린이 저도 모르게 피식 웃었다.

'그렇다면 벗이 아니기 때문에 얼마든지 내 여자에게 손을 대겠다?'

날 물로 보는구나, 이 오랑캐 녀석이.

설벽린은 마침 건네온 술잔을 호기롭게 비워 내고 입을 닦은 다음 천천히 입을 열었다.

"싸우자."

일순 무두르는 물론 강만리, 심지어 조는 듯 눈을 감고 있던 화군악까지 깜짝 놀라 설벽린을 돌아보았다.

설벽린은 취기 한 점 없는 눈빛으로 무두르를 쏘아보면서 말을 이었다.

"사내답게 싸워서 결정짓자. 누가 그녀의 남편으로 어울리는지 말이다. 여진족의 전사가, 이 거대한 무리를 이끄는 거추장이 설마 그 정도 용기도 없는 건 아니겠지?"

무두르의 표정이 변했다. 미소가 사라지고 눈가에 살기가 스며들었다.

깜짝 놀란 강만리가 끼어들었다.

"하하. 이 친구, 아르히 몇 잔 마시고 그새 취한 겐가?"

"취하지 않았습니다, 형님."

설벽린은 단호하게 말했다.

"단지 이 세상 물정 모르는 친구에게 제대로 매운맛 좀 보여 줄 생각입니다."

"그건 네가 상관할 바 아니고. 어쨌든 이 좋은 날에 싸움은 무슨 싸움인가?"

강만리의 설득에 설벽린이 고개를 흔들며 다시 입을 열려고 했다.

"뭐하고 있었어?"

춤을 마친 아라가 펄쩍 뛰어오며 물었다. 그녀의 얼굴은 상기되어 있었고, 이마에는 송골송골 땀이 맺혀 있었다.

얼마나 격렬하게 춤을 추었는지, 이 추운 날씨에도 그녀의 옷이 땀에 살짝 젖어 있었다. 커다란 젖가슴, 그리고 그 중앙에 매달린 것들이 유난히도 도드라져 보였다.

"아주 잘 봤다. 춤을 잘 추더군."

무두르는 어느새 표정을 바꿔 껄껄 웃으며 칭찬했다. 반면 설벽린은 가만히 아라를 쳐다보다가 자리에서 일어나 자신의 털옷을 벗어 그녀에게 건넸다.

"땀이 식으면 감기 걸리오. 입고 있으시오."

"감기는 무슨. 내가 어린아이도 아니고."

아라는 그렇게 말하면서도 설벽린의 털옷을 마다하지 않고 껴입었다. 그러고는 활짝 웃으며 말했다.

"이거 너무 작지 않아? 아무래도 덩치 좀 더 키워야겠다, 남편."

남편이라는 단어가 설벽린의 날 선 유리를 깬 것일까. 갑자기 설벽린의 표정이 변했다. 그는 아라를 노려보며 소리쳤다.

"누가 네 남편이라는 거야, 도대체? 언제부터 네가 내 여자가 된 건데?"

아라는 흠칫 놀랐다. 평소와는 전혀 다른 반응이었다. 매번 남편이니 내 남자니 할 때도 그저 쓴웃음만 흘리던 설벽린이 이렇게 뾰족하고 날카롭게 반응하다니.

"두 번 다시 내게 그런 소리…… 쿠울."

한껏 소리치려던 설벽린이 이내 흐느적거리며 꼬꾸라졌다.

어느새 일어난 화군악이 마치 기다렸다는 듯이 설벽린

을 부축하며 말했다.

"아무래도 술에 취한 모양입니다. 쯧쯧, 술도 마실 줄 모르는 사람이 그렇게 아르히를 연거푸 마실 때부터 알아봤다니까. 인사불성이 되어도 이 정도까지 되다니 말이야."

화군악은 그렇게 말하며 강만리를 향해 한쪽 눈을 찡긋거렸다. 강만리가 이내 눈치채고 말을 맞췄다.

"아주 코를 드르릉대는군그래. 아무래도 안 되겠다. 군악아, 가서 재워라. 미안하다, 거추장. 이 친구가 워낙 술에 약해서 말이지. 죄송하오, 아라 아가씨. 술에 취해서 횡설수설하는 바람에 깜짝 놀라셨지요?"

거추장 무두르는 묘한 미소를 지었다. 아라는 눈을 휘둥그레 뜬 채 화군악에게 업혀서 모옥으로 들어가는 설벽린의 뒷모습을 바라보다가 문득 고개를 갸웃거렸다.

"빙궁에서 술을 마실 때는 그렇게까지 약해 보이지 않았는데."

"아르히와 마유주를 섞어 마셔서 그렇소. 잘 알잖소? 마실 때는 전혀 그렇지 않은데, 한꺼번에 취기가 확 올라서 순식간에 가 버리는 걸."

"그건 그렇다."

아라는 이해했다는 듯이 고개를 끄덕였다. 그러고는 살짝 걱정스럽다는 표정을 지으며 말했다.

"그럼 나도 들어가 보겠다. 남편 곁에는 아내가 있어야지. 그렇지 않으면 다른 사람들이 흉본다."

아라는 강만리와 무두르의 대답도 들을 겨를이 없다는 듯 서둘러 설벽린이 들어간 모옥으로 달려갔다.

'휴우. 그래도 군악 그 녀석이 눈치가 빨라서 정말 다행이다.'

강만리는 내심 한숨을 길게 내쉬었다.

설벽린이 갑자기 정신을 잃은 건 술에 취해서가 아니었다. 어느 틈에 설벽린의 등 뒤로 다가온 화군악이 아무도 모르게 그의 수혈을 짚었기 때문이었고, 그 바람에 설벽린은 말하다가 말고 느닷없이 코를 골며 잠든 것이었다.

"한 쌍의 훌륭한 부부다."

무두르가 고개를 끄덕이며 말했다. 드디어 무두르가 사내답게 인정하고 물러서려는 모양이었다. 강만리는 그제야 안도의 한숨을 내쉴 수 있었다.

하지만 그건 강만리의 착각이었다.

"만약 저 친구가 여진의 전사였더라면, 내 벗이었더라면 당연히 저들을 축복해 줬을 것이다. 그러나 아쉽군. 결국 내게 아내를 빼앗길 운명이니 말이지."

무두르는 그렇게 중얼거리며 아르히를 마셨다. 강만리의 정신이 번쩍 드는 순간이었다.

2. 나도 간다

 둥둥둥! 북소리와 챙! 챙! 울리는 쇳소리, 딱딱거리는 나무 부딪치는 소리들이 초원을 달리는 말처럼 질주하면서 듣는 이들의 가슴을 뜨겁게 달구고 흥분시켰다.
 술에 취하고 음악에 취하고 노래에 취한 이들은 너 나 할 것 없이 자리를 박차고 일어나 함께 춤을 추고 노래를 불렀다. 몇몇 사람들은 남들이 지켜보는 것도 아랑곳하지 않은 채 껴안고 입을 맞추며 뒹굴기까지 했다.
 강만리와 무두르는 움막 안으로 들어와 있었다. 짐승의 가죽 몇 겹으로 만들어진 움막에 방음을 기대하는 건 무리였다. 밖에서 들려오는 노래와 음악과 함성과 환호는 아무런 여과 없이 고스란히 움막 안으로 전달되었다.
 "그래, 동쪽에는 무슨 일로 가는가?"
 귀청이 떨어져 나가는 시끄러운 소리 속에서 무두르의 묵직한 목소리가 똑똑히 들려왔다.
 강만리는 잠시 생각하다가 사실대로 말하기로 하고는 칸을 만나러 가는 길이라고 이야기했다.
 일순 무두르의 표정이 달라졌다. 강만리는 대망회랑의 전투부터 시작해서 빙궁의 암습 사건까지 간략하게 말하고는 왜 칸을 만나러 가는지에 관해서도 설명했다.
 "대망회랑 전투는 알고 있다."

무두르는 무뚝뚝한 표정을 지은 채 고개를 끄덕였다.

"우리도 놈들과 싸우기 위해 병력을 모으던 참이었는데 한순간 그들이 퇴각했다는 걸 알고는 깜짝 놀랐다. 그리고 그게 내 벗이 한 일임을 전해 듣고 매우 기뻤다."

사실 무두르가 세 잘란을 병합할 수 있었던 이유 중 하나가 바로 대망회랑의 전투였다.

지난 겨울 대망회랑을 통해 칸의 일만 대군이 침범한다는 소문이 퍼졌고, 무두르는 각 부족과 부락을 돌며 그들과 맞서 싸울 병력이 필요하다고 역설했다.

결국 칸과 그 일당의 목적, 즉 여진족이 하나로 뭉쳐 중원을 정벌하겠다는 야심을 못마땅해하던 부족과 잘란이 그의 휘하로 들어오게 되었다. 세 개의 잘란은 그렇게 병합되었다.

"칸을 직접 만나서 얼굴을 보고 대화를 해야 할 것 같다."

강만리는 차분한 어조로 자신의 의도를 이야기했다.

"남의 말만 듣고서 사람을 평가하는 것처럼 어리석고 위험한 일은 없다. 내가 직접 보고 대화를 나눠야만 비로소 그 사람의 됨됨이를 알 수 있고 평가할 수 있는 게다."

강만리는 한 호흡 말을 멈췄다가 다시 천천히 이어 나갔다.

"그렇기에 지금 동쪽으로 가는 거다. 그가 과연 어느

정도의 야망을 꿈꾸는지, 그에게 어느 정도의 야심이 있는지, 그리고 그게 진심인지 알기 위해서 말이다."

"흠. 충분히 이해한다."

무두르는 맑은 눈빛으로 강만리를 바라보며 말했다.

"그 평가가 옳든 그르든 어쨌든 내 평가이니까. 다른 사람의 말과 다른 사람이 내린 평가가 아닌, 바로 내 눈과 귀와 심장을 통해 내린 평가이니까. 그렇게 하는 게 옳은 거고 또 당연한 거다."

꽤 많은 마유주와 아르히를 마셨지만 여전히 무두르에게서는 취기 한 점 찾아볼 수가 없었다.

또한 언제 아라에게 집착하고 설벽린과 싸우려 했느냐는 듯, 지금 그의 모습은 세 개의 잘란을 이끄는 영웅의 그것처럼 용맹스러웠고 강인하기 그지없었다.

'어쩌면 이 무두르라는 녀석도 칸과 같은 종자일지도…… 이른바 영웅의 그릇을 가지고 태어난…….'

강만리는 무두르를 보면서 저도 모르게 그런 생각이 들었다.

아직 삼십 대의 나이, 앞으로 최소한 십 년은 더 활약할 수 있을 테니 그때까지 다섯 개, 아니 열 개의 잘란을 복속시킨다면 그때는 무두르 역시 칸이라 불릴 수 있었다.

'그럼 이 친구에게도 칸과 같은 야심과 야망이 있을까?'

강만리는 가만히 무두르를 바라보았다.

무두르의 얼굴에는 호랑이나 곰의 발톱 자국인 듯, 흉측한 상흔이 여러 개 새겨져 있었다. 평범한 여인들이 보면 기겁할 얼굴이었지만 여진족에게 있어서는 영광과 존경의 상흔이었다.

 그때였다. 홀로 곰곰이 상념에 젖어 있던 무두르가 무언가 결심한 듯 크게 고개를 끄덕인 것은.

 "좋다."

 무두르는 아주 큰 고민을 떨쳐 낸 듯 매우 홀가분한 표정을 지으며 입을 열었다.

 "나도 간다."

 "음?"

 일순 강만리의 눈이 커졌다.

 "가다니, 어디를?"

 "나도 칸을 만나겠다."

 무두르는 확고한 의지가 실린 목소리로 힘주어 말했다.

 "칸과 싸우고자 하는 입장에서 칸이 어떤 인물인지 직접 만나서 보고 대화를 나눠야 하는 게 역시 올바르고 당연한 일이다."

 "아, 아니 그건 그러니까……."

 강만리는 당황했다.

 조금 전 자신과 무두르가 나눴던 대화가 이런 식의 결

론으로 이어지게 될 줄 누가 알았겠는가.

"생각해 보라. 칸이 진정으로 모든 여진족을 위하고, 모든 여진족을 사랑하는 자라면 그와 싸울 이유가 없게 되지 않느냐? 어쨌든 전쟁은 전쟁이고, 전쟁이 벌어지면 애꿎은 사람들이 목숨을 잃게 되는 건 당연한 일이니 말이다."

무두르의 말에 강만리가 황급히 입을 열었다.

"그래서 내가 가는 게 아닌가? 내가 가서 만나 이야기를 하고 칸의 됨됨이를 알아 오겠다. 그래서 그가 과연 어떤 인물인지 자네에게 설명한다면 굳이 자네가 이곳을 떠나지 않더라도······."

"아니, 그건 틀렸다."

무두르는 단호하게 고개를 저었다.

"조금 전 벗이 내게 말했다. 사람의 평가를 남에게 맡기지 말라고 말이다."

강만리는 그야말로 꿀 먹은 벙어리가 되고 말았다. 무두르의 말이 계속해서 이어졌다.

"안 그래도 가끔 바람을 타고 전해 오는 칸에 관한 소문에 마음이 흔들릴 때가 있었다. 생각보다 훨씬 용맹하고 다정하며 강인하며 수하를 진심으로 아끼는 인물이라니, 과연 그와 맞서는 게 옳은 일인가 싶었다."

강만리는 입술을 깨물었다. 잔병 대장을 통해 전해 들

은 칸의 이야기도 바로 그러했다.

무두르는 계속해서 말했다.

"또한 우리 여진족과 한족의 전쟁은 안 된다고 하면서 여진족과 여진족 간의 전쟁을 일으키려고 하는 내가 잘못 생각하는 건 아닐까 고민한 적도 많았다."

확실히 고민스러울 법한 문제였다. 전쟁을 반대한다면서 전쟁을 일으키려 하다니, 그것처럼 모순된 이야기가 또 어디 있겠는가.

"벗의 이야기를 듣고 결심했다. 칸을 직접 만나서 이야기해 보기로. 그의 이야기를 듣고 나서 마지막 결정을 해도 늦지 않으니까. 아니, 반드시 그래야만 하니까."

강만리는 어떻게든 무두르의 마음을 돌려놓을 방법을 강구하려 했다.

하지만 결국 포기할 수밖에 없었다. 무두루의 이야기는 진심이었고, 또 그의 입장에서는 제일 나은 선택이었으니까.

"하지만 그렇게 훌쩍 이곳을 떠나면 남은 사람들은? 남은 잘란은?"

강만리는 조심스레 물었다. 무두르가 웃으며 말했다.

"괜찮다. 세 잘란의 추장들이 어련히 알아서 이끌어 나갈 것이다. 내가 없다고 무너질 잘란이었다면 벌써 무너져도 몇 번은 무너졌을 것이다."

"그러나 그 추장들이 서로 짜고 배신할 수도 있지 않겠나? 어쨌든 거추장이라는 자리는 누군가에게 있어서 가장 큰 욕망과 야망의 대상일 수도 있으니까."

강만리의 질문에 무두르는 가만히 그를 바라보더니 불쑥 되물어 왔다.

"벗은 벗의 형제들을 믿나? 빙궁에 남아 있는 형제들이 벗을 배신할 가능성은? 아니, 조금 전 벗의 두 형제가 벗을 배신하고 뒤통수를 후려칠 가능성은?"

"당연히 없……."

없다, 라고 대답하려던 강만리는 그대로 입을 다물었다.

무두르는 지금 강만리의 대답을 요구하는 게 아니었다. 그저 강만리와 자신의 상황과 처지가 비슷하다는 걸 말하려고 했을 따름이었다.

무두르는 유쾌한 표정을 지으며 말했다.

"벗에게는 믿음직한 형제들이 있고, 내게는 충직한 수하들이 있다. 그런데 뭐가 무서워 뒤를 돌아보겠는가?"

결국 강만리도 활짝 웃었다.

"그래. 자네 말이 맞네. 이미 뒤를 맡겼는데 뭐가 무서워서 자꾸 뒤를 돌아보겠나? 그건 그들을 믿지 못하는 게 아니라 날 믿지 못하는 것과 다를 바가 없으니 말일세."

"맞다. 나는 날 믿는다. 그래서 내가 믿는 수하들을 믿는다. 그게 전부다."

두 사람은 껄껄 웃었다. 그리고 술잔을 들어 가득 담겨 있던 아르히를 단숨에 들이켰다.

밖에서는 여전히 노래와 음악, 함성이 멈추지 않는 가운데, 강만리와 무두르의 밤은 그렇게 깊어 갔다.

3. 동료가 아니다

"아이구 머리야."

설벽린은 머리가 깨지는 듯한 고통에 인상을 찡그리며 눈을 떴다.

그는 반사적으로 자리끼를 찾기 위해 손을 뻗었다가 물컹하게 잡히는 촉감에 깜짝 놀라 벌떡 일어났다. 그의 옆에는 아라가 전라의 몸으로 누워 있었다.

설벽린은 황급히 제 몸을 둘러보았다. 그 역시 아랫도리까지 모두 벗은 상황이었다. 절로 눈살이 찌푸려졌다.

"정말 색녀 같으니라고. 내가 그렇게 정신을 잃었는데도 그게 하고 싶었던 거냐?"

설벽린은 아라를 노려보며 중얼거렸다. 방 한가운데 놓인 화롯불 덕분이었을까, 옷을 벗고 이불까지 걷어찬 채 잠들어 있는데도 아라는 전혀 추워하는 기색이 없었다.

설벽린은 주위를 둘러보며 옷을 찾았다. 하지만 어디에고 옷은 보이지 않았다. 설벽린은 고개를 갸웃거리다가 이불로 몸을 가린 채 움막 밖으로 고개를 내밀었다.

아직 어둠이 내려앉은 새벽녘.

방금까지 질펀한 술자리가 이어졌다는 걸 보여 주듯 거리의 모닥불은 아직도 활활 타오르고 있었고, 술 냄새와 고기 냄새, 기름 냄새가 진동하고 있었다.

하지만 그 와중에도 다들 각자 움막을 찾아 기어 들어갔는지 사람 한 명도 보이지 않았다.

"도대체 내 옷을 어디까지 집어 던진 거람?"

아라의 신력(神力)과도 같은 힘으로 힘껏 집어 던진 거라면 모옥 밖 저편까지 날아갔을지도 몰랐다.

분지라 그런지, 아니면 곳곳에서 타오르고 있는 모닥불 때문인지 숲과는 달리 새벽임에도 불구하고 밖의 공기는 그리 차갑지 않았다.

설벽린은 이불을 뒤집어쓴 채 움막 밖으로 걸어 나왔다. 잠시 주위를 둘러보며 자신의 옷을 찾으려던 그는 쉽게 포기하고는 빙궁 무사들이 머무는 움막으로 향했다.

강만리 일행의 짐보따리는 빙궁 무사들이 관리하고 있었고, 그 짐 중에는 설벽린이 갈아입을 옷가지가 있었다. 음식물 찌꺼기와 술 등으로 잔뜩 더러워진 곳을 헤매는 것보다는 차라리 새로운 옷으로 갈아입는 게 훨씬 낫다는 생각이었다.

움막에는 십여 명의 무사가 잠들어 있었다. 설벽린은 잠시 안을 살펴보다가 다른 움막으로 발길을 돌렸다.

그곳 역시 십여 명의 무사가 잠들어 있었는데, 움막 한 구석에 설벽린이 챙겨 온 짐보따리가 다른 이들의 짐과 함께 놓여 있었다.

설벽린은 사람들이 깨지 않도록 살금살금 걸어 들어가서 짐을 가지고 나왔다. 그리고 다시 몇 채의 움막을 지나 자신의 움막으로 향할 때였다.

"누구냐?"

묵직한 목소리가 설벽린의 발목을 잡았다.

설벽린은 저도 모르게 움찔거렸다. 어눌한 한어를 사용하는 묵직한 목소리라면, 뒤를 돌아보지 않아도 그가 누구인지 알 수 있었다.

이 거대한 잘란의 우두머리인 무두르였다.

'젠장, 하필이면……'

설벽린의 얼굴이 일그러졌다.

하필이면 그와 마주칠 게 뭐람.

설벽린은 지금 자신의 모습이 어떠한지 잘 알고 있었다.

벌거벗은 몸을 가리기 위해 이불을 뒤집어쓴 채, 도둑

처럼 짐보따리 하나를 들고 발뒤꿈치를 든 채 걸어가는 자신의 부끄러운 모습을 하필이면 무두르에게 들킨 게다.

설벽린은 헛기침을 하며 입을 열었다.

"설벽린이오. 갈아입을 옷을 가지러 나왔던 참이었소."

"아하, 자네였군. 하하하."

무두르는 웃으며 고개를 끄덕였다.

"하기야 어제 그렇게 난리를 피웠으니, 자네나 자네의 그걸 다 받아 준 아라 모두 대단했지."

'제기랄! 내가 술에 취해 이성을 잃고 먼저 그녀를 덮쳤던 건가? 이런, 젠장!'

이불 속에 감춰진 설벽린의 얼굴이 더욱 붉어질 때였다. 무두르는 더욱 크게 웃으며 말을 이었다.

"하하하! 하기야 나도 지금껏 살면서 마유주와 아르히를 마시고 그렇게 많은 것들을 토해 낸 사람은 처음이었으니까. 십 년 전에 먹었던 것들까지 싹 토해 내더군, 자네."

'엥?'

"그걸 내색하지 않고 다 받아 준 아라는 정말 대단했다. 새삼 그녀에게 반했지. 역시 여진족 최강 전사의 아내가 될 여인이다."

'뭐, 뭐야? 내가 착각한 거였나?'

설벽린의 얼굴에 당혹스러운 표정이 스며들었다.

그녀와 자신 모두 옷을 홀딱 벗고 있었던 게 잠자리를

같이해서가 아니라, 술에 취한 그가 두 사람의 옷 위에 심하게 토악질을 했기 때문인 거였다.

조금 전 자신의 추측이 착각과 오해였다는 사실을 알게 된 설벽린의 얼굴이 더욱더 붉게 달아올랐다.

무두르는 설벽린의 지금 심정이 어떤지 전혀 알지 못한 채 계속해서 말을 이어 나갔다.

"어제 자네가 빠진 후 내 벗과 이야기를 나눴다. 그리고 나도 칸을 만나러 함께 가기로 했다."

"음?"

자괴감에 젖어 있던 설벽린이 저도 모르게 소리를 냈다.

칸을 만나러 가는 여정에 무두르가 합류하기로 했다니, 자신이 없는 상황에서 그렇게나 개 같은 결정을 했단 말인가?

"직접 만나서 대화를 해야만 그 사람의 됨됨이를 알 수 있다. 그래서 칸을 만나러 가는 거다. 또 지금 자네와 이렇게 대화를 나누는 것 역시 자네를 보다 더 잘 알고 싶기 때문이다."

"왜? 나를 잘 알아서 뭐하시게?"

"당연하잖은가? 앞으로 적어도 몇 달은 함께 밥을 먹고 잠을 잘 동료이니까 말이지."

"동료? 훗!"

설벽린은 그제야 처음으로 몸을 돌려서 무두르를 바라

보았다. 이불 사이로 자신의 알몸이 살짝 드러났지만 설벽린은 전혀 신경 쓰지 않았다.
"뭔가 착각하고 있군."
설벽린은 무두르를 똑바로 바라보며 말했다.
"당신과 나는 동료가 아니오."
"그건 왜?"
"세상이 아무리 더럽고 추해졌어도 동료의 여인을 탐하는 자는 없으니까. 그대가 아라를 탐하는 이상 결코 내, 아니 우리의 동료가 될 수 없소."
"아라가 자네의 아내인가?"
갑자기 무두르가 물었다. 설벽린은 저도 모르게 움찔했다. 무두르는 마치 다 알고 있다는 표정을 지으며 설벽린에게 연거푸 질문을 던졌다.
"혼사도 치르지 않았잖은가? 자네가 그녀를 내 아내라고 사람들에게 공언하지도 않았잖은가? 단지 그녀의 코를 깨문 것만으로 그녀를 차지한 거라고 생각하나? 아니, 무엇보다 자네는 그녀를 자네의 아내라고 생각하는가?"
설벽린은 입술을 깨물었다. 무두르의 말은 날카로운 화살이 되어 설벽린의 가슴을 파고들었다.
하지만 설벽린은 곧 싸늘한 목소리로 말했다.
"그건 당신이 알 바 아니오. 어디까지나 나와 그녀의 문제이지 당신이 관여할 일이 아니오. 그리고……."

설벽린은 살기 뚝뚝 떨어지는 눈빛으로 무두르를 쏘아보며 말을 이었다.

"한 번 더 그녀를 건드린다면, 그때는 당신 족속과 전쟁을 일으키는 한이 있더라도 절대 용서하지 않을 것이오."

설벽린은 그렇게 말한 후 이불을 다시 머리 위까지 뒤집어쓰고는 몸을 돌려 움막으로 걸어갔다.

무두르는 서늘한 눈빛으로 가만히 그 뒷모습을 지켜보다가 문득 피식 웃으며 입을 열었다.

"자네와 이렇게 대화를 해 보니 알겠군. 자네와 나는 영 어울리지가 않아."

설벽린은 뒤돌아보지도 않은 채 주먹 감자를 해 보였다. 무두르의 말이 계속 이어졌다.

"비슷한 구석도 하나 없고 생각하는 것도 전혀 다르니 확실히 서로 부딪치는 게 당연하지. 아, 그래도 한 가지 만큼은 확실히 같은 생각을 하고 있더군."

막 모옥 안으로 들어서던 설벽린의 걸음이 살짝 느려졌다. 같은 생각을 하고 있다니, 그게 무엇인지 문득 궁금해졌던 것이었다.

그런 설벽린의 속내를 읽었다는 듯 무두르는 유쾌하게 웃으며 말했다.

"맞다. 자네와 나는 동료가 아니다. 한 여인을 두고 싸우는 연적(戀敵)인 게지. 푸하하하!"

'쳇, 괜한 시간을 낭비했군.'

설벽린은 투덜거리며 모옥 안으로 들어섰다. 여전히 아라는 벌거벗은 몸 그대로 대자로 누운 채 새근새근 자고 있었다.

설벽린은 자신의 몸을 가렸던 이불로 그녀를 덮어 준 후 옷을 챙겨 입었다. 그러고는 다시 자려고 누웠으나 영 잠이 오지 않아 이리저리 뒤척였다.

그때였다.

"걱정 마라."

깊게 잠든 줄 알았던 아라가 조용히, 잠꼬대처럼 중얼거렸다. 막 돌아 누우려던 설벽린이 움직임이 멎었다. 아라의 잠꼬대가 계속해서 들렸다.

"나는 확실히 네 여자니까."

설벽린의 입가에 저도 모르게 한 줄기 미소가 스며들었다. 하지만 그 미소와는 달리 설벽린은 퉁명한 소리로 투덜거리듯 말했다.

"헛소리하지 말고 잠이나 자시오. 내일, 아니 오늘 일찍 길을 떠나야 하니 말이오."

잠시 기다려 보았지만 아라의 대꾸는 없었다. '진짜 잠꼬대였나? 아니면 내가 잘못 들었나?' 하는 생각이 들 정도로 그녀는 평온하고 고른 호흡을 하고 있었다.

'뭐야? 진짜 잠꼬대였어?'

설벽린은 내심 아쉬워하며 모로 돌아누웠다. 그러고는 설벽린 또한 잠꼬대처럼 혹은 혼잣말처럼 중얼거렸다.

"술에 취해 그런 짓을 했다니 정말 미안하오. 폐를 끼쳤소. 원래 그렇게 술에 약한 내가 아닌데, 어젯밤은 왜 그리 인사불성으로 취했는지 모르겠소."

등 뒤로 아라가 웃음을 참는 기척이 느껴졌다. 설벽린은 계속해서 혼잣말을 이어 나갔다.

"하지만 옷을 벗겼으면 새로 옷을 갈아입혀 주지 그랬소? 그랬다면 괜한 오해도 하지 않았을 테고, 또 이 새벽부터 그 자식과 마주치지 않았을 텐데 말이오."

그러자 이번에는 아라가 잠꼬대처럼 중얼거렸다.

"그건 네가 날 못 가게 꼭 잡았기 때문이다."

'엥?'

"술 취한 와중에서도 얼마나 날 붙잡고 늘어지는지, 결국 포기하고 함께 누웠던 거다."

'어라? 그런 거였어?'

"어쨌든 고맙다. 내 여자라고 해서."

설벽린은 헛기침을 하고는 등 뒤로 손을 뻗어 아라의 손을 잡았다. 그녀의 굵은 못이 박인 손이 딱딱하다 싶은 순간, 외려 그녀의 손이 설벽린의 손을 움켜쥐었다.

설벽린은 몸을 돌렸다. 그녀가 그를 껴안았다.

설벽린은 몸을 웅크리며 그녀의 가슴으로 파고들었다. 마치 엄마에게 안기는 아이처럼, 그리고 엄마의 젖을 빠는 갓난아기처럼 설벽린은 저도 모르게 입을 벌려 그녀의 거대한 젖을 물었다.

아라는 마치 아이를 대하듯 가볍게 그의 등을 토닥거렸다. 그녀의 품은 한없이 따뜻했고, 그녀의 젖은 한없이 부드러웠으며, 그녀의 손길은 한없이 다정했다.

설벽린은 아라의 품 깊숙하게 파고들었다. 몸의 긴장된 근육이 풀리고 피곤이 사라지며 노곤해졌다.

무슨 이유였을까. 아라의 품에 안긴 설벽린의 심정은 그 어느 때보다도 평온해졌다. 마치 기억도 나지 않는 엄마의 품에 안긴 것처럼 설벽린은 그녀의 젖을 문 채 잠에 빠져들었다.

아라는 설벽린이 새근거리며 잠들 때까지 여전히 부드럽고 따스한 손길로 그의 등을 어루만졌다. 그건 상처 입은 새끼를 혀로 핥아 주는 어미의 모습과 다를 바가 없었다.

그렇게 날이 밝았다.

8장.
담호, 북경부에 당도하다

하기야 그가 이리도 격동하는 건 너무나도 당연한 일이었다.
지난 황궁 역모 사건 이후 관직을 떠나 은퇴하듯 세월을 보내면서
암암리에 조사해 왔던 그 정체불명의 경천회,
마침내 그 꼬리 중 하나를 잡게 되었으니,
지난 육칠 년 세월을 허투루 보낸 셈이 아니게 된 것이었다.

담호, 북경부에 당도하다

1. 하고 싶은 이야기

"곽 대인이 찾아오셨습니다."

총관의 말에 곽우중은 살짝 인상을 찌푸렸다. 하지만 그는 곧 결의에 찬 표정을 지으며 입을 열었다.

"어서 들라 하라."

"네."

총관이 물러난 가운데 곽우중은 심각한 표정을 지었다.

북경부 곽 대인이라고 널리 알려진 곽자의는 곽우중의 십삼촌 조카에 해당하는 먼 친척이었다.

그렇게 촌수가 멀기는 하지만 그래도 매년 두어 번씩

찾아와 인사하고, 또 적잖은 예물을 바쳐 온 까닭에 왕래가 드문 칠팔촌 친척보다 훨씬 가깝게 지내던 사이이기는 했다.

곽우중은 현역이었다. 그것도 비록 명예직이라고는 하지만, 소부(少傅)라는 종이품 벼슬을 지내고 있는 만큼 아쉬운 소리나 청탁을 하러 오는 이들로 그의 장원은 문전성시를 이뤘다.

곽우중은 그들이 가져온 예물과 뇌물은 거절하지 않았다. 하지만 자신이 들어줄 수 있는 부탁과 청탁, 들어주지 못할 부탁과 청탁은 확실히 분류하여 냉정하게 끊었다.

그래서 곽우중을 욕하는 이들의 수가 칭송하는 이들보다 훨씬 많았지만 그는 전혀 개의치 않았다.

"나라를 위해 사람들을 부리려면 그만한 자금이 필요하다. 내 비록 후한 녹봉을 받고는 있지만 나라의 돈으로 어찌 사병(私兵)을 부리고, 사사로운 일을 진행할 수 있겠느냐? 그런 일에는 눈먼 돈을 사용해야 함이 마땅하고, 마침 내게는 눈먼 돈을 바치는 자들이 적지 않으니 그들의 돈을 사용하는 건 전혀 부당하지 않은 일이다."

그게 곽우중의 지론이었으며, 그는 양심에 전혀 꺼리지 않은 채 예물과 뇌물을 기꺼이 받았다.

그리고 곽자의는 그런 눈먼 돈을 누구보다도 많이 가져

오는 이 중의 한 명이었다. 그가 인사하러 올 때마다 은자 십만 냥에 달하는 액자나 도자기를 들고 왔다.

거기에 곽우중의 가신이나, 하인, 무사들에게 수고한다면서 은자 수천 냥을 뿌렸으니 곽우중은 물론 일가(一家) 모든 이들이 그를 반기는 게 당연했다.

하지만 작년 초부터 갑자기 곽자의의 방문 횟수가 늘어나면서, 그는 뭔가 속셈을 가진 듯 평소 나누던 세상 돌아가는 이야기가 아닌 엉뚱한 화제를 꺼내기 시작했다.

곽자의가 먼저 입에 올린 사람은 태부 소영이었다.

곽우중이 가장 싫어하고 미워하고 질투하며, 반드시 누르고 싶어하는 사람이 바로 태부 소영이라는 걸 생각하면 확실히 곽자의의 계획은 성공적이었다.

처음에는 곽우중도 곽자의의 말에 맞장구를 치면서 두 사람이 함께 태부 소영의 흉을 보고 조롱했으니까.

그러나 곽자의는 게서 멈추지 않았다. 몇 달 동안 태부 소영을 욕하는가 싶더니 어느 순간부터 태부 소영이 미는 황태자 주완룡에 대한 이야기를 언급하기 시작했다.

또한 역모죄로 유배를 당한 삼황자가 원래 총명하고 박학다식하며 수하들의 신뢰가 높았다면서 그에 대한 아쉬움을 늘어놓았다.

곽우중은 거기까지는 곽자의의 의견에 찬성했다. 사실 삼황자 주건은 병약한 것만 제외한다면 황태자 주완룡보다 뒤질 것이, 아니 훨씬 낫다는 게 중론이었으니까.

작년 가을로 접어들 무렵이었다. 곽자의는 곽우중이 자신의 말에 연신 고개를 끄덕이며 동의하는 모습을 보이자 아예 이번에는 좀 더 과감한 의견을 제시했다.

곽자의는 황제의 일곱 아들 중에서-결국 삼황자는 자살했지만- 가장 순후하며 정이 많은 이가 오황자(五皇子)라고 말하면서, 만약 곽우중이 오황자의 배경이 되어준다면 그리 머지않은 미래에 소영을 뛰어넘는 거물이 될 것이라는 이야기를 하기 시작한 것이었다.

곽우중은 그제야 정색했다.

"삼황자가 돌아가신 지 불과 몇 달 지나지 않았네. 또 황태자비께서 돌아가신 지도 얼마 되지 않았네. 이제 겨우 황실이 조용해지려고 하는데 새삼스레 분란을 일으키라는 건가, 나더러?"

곽자의는 침착하게 말했다.

"애당초 황태자비가 돌아가신 이유부터 황태자의 잘못이 아니겠습니까? 이 조카가 알아보니 황태자비께서 돌아가신 건 누군가의 암습이 아니라 불륜을 들킨……."

"그만하게!"

곽우중이 버럭 소리쳤다.

"아무리 자네가 내 조카라 하더라도 황실을 모욕한다면 절대로 용서할 수가 없네. 당장 돌아가게!"

"하지만 숙부, 잘 생각하셔야 합니다. 조정에는 황태자의 독선(獨善)과 아집(我執)에 넌더리를 치는 자들이 생각보다 많습니다. 일전에 그 불량배 무리를 함부로 끌어들여 그들에게 태자밀위라는 직위를 내린 것 역시 아랫사람들의 불만을 크게 샀으니까요."

"흐음. 나도 황태자가 모든 걸 잘하고 있다고는 생각하지 않네. 또한 그 불량배와 같은 무림인들을 황실로 끌어들인 것 역시 옳다고 생각하지 않네. 하지만 그럼에도 불구하고 황태자는 황태자이시네. 황제 폐하께서 직접 그리 정하신 게야. 나 같은, 그리고 자네와 같은 일반 민초들이 왈가왈부할 일이 아니라는 게지."

"하지만 황태자께서 수은에 중독되어 제대로 된 사고(思考)를 하지 못하는 건 아시는지요? 그리고 그 중독의 폐해로 인해 지금도 수은을 찾고 계신다는 것도 아시는지요?"

"음? 뭐라고? 그게 사실인가?"

"네. 알고 지내던 환관이 그리 전해 주었습니다."

"환관의 이름은, 직위는?"

"그건 말씀드릴 수가 없습니다만, 조카의 목을 걸고 사실임을 보장합니다."

"으음."

곽우중은 턱수염을 쓰다듬었다.

황태자비가 불륜 끝에 자결했다는 소문이야 헛소문이든 사실이든 상관없었다.

 하지만 황태자가 아직도 수은에 중독되어서 계속 수은을 복용하고자 한다는 건 설령 소문이라 할지라도 큰 문제가 될 소지가 역력했다.

 비록 태부 소영과 결은 다를지언정 곽우중 역시 황실과 종묘사직을 걱정하고 영속을 기원하는 충신이었다. 그런데 차기 황제가 될 황태자가 제대로 된 사고를 하지 못한다면…….

 '진짜 목숨을 걸고서라도 황태자의 이양(移讓)을 논의해야 한다.'

 그러기 위해서는 황태자 주완룡의 중독 소식이 사실인지 거짓인지부터 확인해야 했다.

 "알겠다. 그만 가 보거라. 그다음은 내가 알아서 할 테니까 말이다."

 "그럼 조카는 물러나겠습니다."

 "아, 한 가지. 절대 이 일을 누구에게 말하면……."

 "오직 조카와 숙부 사이의 이야기입니다."

 곽자의는 그리 말하며 자리를 떴다.

 이후 곽우중은 곽자의의 말이 사실인지 확인하게 위해 물밑 조사를 시작했다.

 황태자 주완룡을 만나서 중독 상태를 확인하고 직접 물어보는 건 말도 안 되는 이야기였다. 그저 주변 환관, 시녀, 무사, 어의(御醫)들을 통해 황태자의 안위와 상태를 확인할 따름이었다.

조사는 은밀하게 그리고 지루하게 이어졌다. 황태자의 상태를 조사하는 일이니 결코 쉬울 리가 없었다. 자칫 문제가 생길 소지부터 없애면서 천천히, 끈기 있게 진행해야 하는 일이었다.

해가 바뀌었다. 달이 지나면서 여진족 대군의 정벌 소문이 들리기 시작했다.

그리고 다시 몇 달이 지났을 때, 조사의 책임을 맡았던 총관이 마침내 곽우중에게 보고했다.

"아무래도 황태자께서는 아직 수은 중독에서 벗어나지 못한 듯합니다. 태의원(太醫院)에서 집중 관리하던 수은이 어느 날 갑자기 자취를 감췄다고 합니다. 그리고 중독에서 벗어나 쾌차하는 모습을 보이셔야 할 황태자의 상세가 외려 더욱 악화되었다고 합니다."

곽우중은 심각한 표정을 지으며 물었다.

"그게 사실이더냐?"

"네. 황실 주변 인물 백스물다섯 명의 입을 통해 확인된 사실입니다."

"허어."

곽우중은 심각한 표정을 지었다.

결국 곽자의의 말이 사실로 드러난 것이다. 황태자 주

완룡은 계속해서 그 막중한 직무를 수행할 수 없는 상황이 된 게다.

그렇다면…… 종묘사직을 위해서라도 황태자가 바뀌어야 했다.

누구로? 역시 오황자뿐인가?

곽우중은 황태자와 죽은 삼황자를 제외한 다섯 황자의 얼굴을 일일이 떠올린 다음 길게 한숨을 내쉬었다.

곽자의의 말이 아니더라도 황실에는 오황자를 후원하는 고관대신의 수는 적지 않았다.

과거 삼황자의 일로 인해 대놓고 수작을 부리거나 오황자를 황태자로 옹립하자는 주장을 하는 이는 거의 없었지만, 은연중 그런 분위기가 조정에 퍼져 있음을 곽우중은 사실 수년 전부터 잘 알고 있었다.

그건 당연한 일이었다. 황태자의 배경이라 할 수 있는 태부 소영의 파벌과 맞설 힘과 역량과 세력을 지닌 유일한 파벌이 곧 곽우중의 파벌이었으니까.

그러니 몇 년 전부터 오황자를 응원하는 몇몇 대신들이 곽우중에게 접근하여 은밀하게 그의 의사를 타진해 왔었다.

곽우중은 그때마다 별 대꾸 없이 허허 웃으며 속내를 드러내지 않았다.

하지만 이제는 달라졌다. 황태자 주완룡의 이상(異狀)이 확실해진 이상, 그 역시 확실하게 의사를 표현해야 했다.

그리하여 며칠 전 근 한 달간 고민하던 곽우중이 마침내 중대한 결심을 하게 되었다. 그런데 마치 그걸 알기라도 한 양 곽자의가 찾아온 것이었다.

"조카가 숙부를 찾아뵙습니다."

총관의 안내를 받으며 방에 들어선 곽자의가 길게 허리를 숙이며 인사했다. 곽우중은 예리한 눈빛으로 그를 바라보며 입을 열었다.

"마침 잘 왔네. 안 그래도 하고 싶은 이야기가 있던 참이었네."

2. 누군가

"말씀은 다 나누셨습니까?"

"연락을 줘서 고맙네. 덕분에 일이 잘 마무리되었네."

총관의 질문에 곽자의는 감사를 표하며 그에게 전표 한 다발을 건넸다. 총관은 주위를 살피며 전표 다발을 품에 넣었다.

곽자의는 그 모습을 보고는 빙긋 웃더니 다시 전표 다발을 꺼내 들며 입을 열었다.

"늙은이는 전혀 눈치채지 못한 것 같더군."

총관은 새로운 전표 다발에 군침을 삼키며 대답했다.

"당연합니다. 곽 소부께서는 이 몸을 전적으로 신뢰하고 계시니까요. 또한 황태자 주변 인물 백스물다섯 명에게 탐문한 것도 사실이니까요."

"물론 그들 모두 내가 소개시켜 준 사람들이지만 말이야."

"정말 놀랐습니다. 나리께서 황실에 그만한 인맥이 있으시다니 말입니다. 만약 나리께서 마음만 먹는다면 소부는 물론 태부 자리까지 오르실 수 있을 겁니다."

"허허허. 아쉽게도 나는 관직에 그리 욕심이 없어서 말이지. 어쨌든 이건 조사하느라, 그리고 늙은이의 귀와 눈을 막느라 수고한 자네 수하들에게 주게."

곽자의는 다시 전표 다발을 건넸다. 총관은 주변에 사람이 없음을 재차 확인하고는 다발을 받아 들었다.

"행여 늙은이에게 뭔가 이상한 행동을 하거나 수상한 누군가를 만난다면, 계속 그래 왔듯이 빠르게 연락을 주게. 항상 고마워하고 있으니 말이지."

"명심하겠습니다. 곽 소부의 일거수일투족은 언제나 곽 대인의 시야 안에 있다고 생각하시면 됩니다."

"그럼 이만 가 보겠네."

곽자의는 대기하고 있던 마차에 올랐다. 총관은 그를 태운 마차가 거리의 모퉁이를 돌아 사라질 때까지 공손하게 숙였던 허리를 세우지 않았다.

"돈이라는 건 참으로 좋은 게다."

곽자의는 덜컹거리는 마차의 흔들림에 몸을 맡긴 채 중얼거렸다.

"겨우 은자 몇 만 냥, 몇 십만 냥으로 세상 모든 사람을 부릴 수 있고 모든 정보를 손에 넣을 수 있으니 말이다."

소부 곽우중의 총관은 갓난아기 시절부터 곽우중의 장원에서 생활했고 자랐다. 어린 시절에는 곽우중의 시동(侍童)이었고, 청년이 되었을 때는 호위 무사로 일했다.

그의 자질이 뛰어난 걸 알게 되었는지 곽우중은 일개 호위 무사였던 그를 총관의 보좌관으로 임명했고, 서른 살 이후부터 지금까지 총관이 되어 곽우중과 장원의 모든 업무를 도맡아 처리했다.

그렇게 곽우중의 전폭적인 신뢰를 받으며 이 장원의 이인자가 된 그였으나, 은자 수백만 냥에 달하는 뇌물 앞에서 무릎을 꿇고 곽우중을 배신한 이유는 따로 있었다.

"뭐, 그 이유까지 우리가 만들었다는 걸 알게 된다면 총관 그 녀석, 거품을 물고 쓰러지겠지만 말이다."

곽자의는 킬킬거리며 웃다가 문득 눈살을 찌푸렸다. 평소보다 마차의 덜컹거림이 더 요란했던 까닭이었다.

마차는 빠른 속도로 북경부 거리를 질주하듯 달리고 있었다.

행인들이 놀라 황급히 몸을 피했지만 애당초 마부는 그

들의 안위 따위 전혀 개의치 않았다. 몇 명 칼아뭉개 봤자 언제든지 돈으로 해결할 수 있었던 게다.

그보다 중요한 건 조금이라도 빨리 곽자의 장원에 당도해야 하는 일이었다.

"누군가 따라붙었습니다."

마부석에 앉아 있던 두 명의 마부 중 한 명이 마차 내부로 뚫린 창을 열며 말했다.

곽자의의 눈이 휘둥그레졌다.

"곽우중 그 늙은이의 개인가?"

"그건 아닌 것 같습니다."

마부는 주위를 둘러보며 다시 말을 이었다.

"장원 밖에서 기다리고 있던 것을 보면 아무래도 다른 누군가가 보낸 자들 같습니다."

"다른 누군가라……."

곽자의는 고개를 갸웃거렸다.

그를 수상하게 여길 사람은 아무도 없었다. 언제나 그는 사람들 앞에서 껄껄 웃으며 아낌없이 돈을 뿌렸으니까.

누구든 그를 좋아했고, 언제나 행복한 표정을 지은 채 그의 장원을 빠져나갔다.

아, 그렇지 못했던 자가 한 명 있었다. 해가 바뀌면서 갑자기 나타나 여진족의 위험에 대해 경고했던 무림인.

하북칠의의 우두머리 순후검협 고천룡. 곽자의에게 독

살을 당한 고천룡은 물론 당연한 일이겠지만 행복하게 웃으며 그의 장원을 나서지 못했다.

"그러고 보니 몇몇 무림인들이 고천룡의 행방불명에 관해서 의문을 품고 여기저기 돌아다닌다고 하던데……."

곽자의는 입술을 깨물었다.

"설마 그 누군가라는 놈이 나와 고천룡의 관계를 수상하게 생각하고 있는 겐가?"

사실 따지고 보면 곽자의와 고천룡의 관계는 생각보다 쉽게 알아차릴 수 있었다. 곽자의가 많은 무림인을 후원하고 있으며, 그중 한 명이 고천룡이라는 사실은 이미 널리 알려져 있었으니까.

그리고 막 북경부에 당도한 고천룡이 급한 용무가 있다면서 사라졌다면, 다들 한 번 정도는 곽자의를 떠올렸다가 이내 고개를 흔들며 피식 웃었을 것이다.

"에이, 대체 내가 무슨 말도 안 되는 생각을 하는 거람?"

하지만 '누군가'는 그 말도 안 되는 생각에 주목했고 그래서 지금 이렇게 자신의 주위를 맴돌며 염탐하고 있는 것이리라.

곽자의의 뇌리가 빠르게 회전했다.

대충 감이 왔다. 무림인들이 직접 해결하지 못했을 때 찾아가 부탁할 수 있는 북경부의 몇 되지 않은 인물들, 그중 한 명이 바로 그 '누군가'일 것이다.

거기까지 생각한 곽자의는 마부에게 지시를 내렸다.
"마차의 속도를 늦춰라."
"네?"
"우리가 덤벙거리면 자신들의 존재를 눈치챘다고 생각할 게 아니더냐? 평소처럼, 느긋하게 주변 풍광도 지켜볼 수 있도록 천천히 몰도록 해라."
"네."
"아, 그리고 지금 마차에 달라붙은 자들을 역추적하도록 하라. 그래서 저 하루살이들을 내게 보낸 자가 누구이든 반드시 죽이도록."
"네."
마부의 대답과 함께 마차의 속도가 다시 느려졌다. 곽자의는 아무 일 없다는 듯 창을 열고 느긋한 표정을 지은 채 거리의 풍경을 감상했다.
며칠 지나면 이제 사월로 접어드는 북경부의 오후 거리에는 봄 날씨 물씬 풍기는 따스함이 가득 담겨 있었다.
하지만 미소 짓고 거리의 모습을 지켜보는 곽자의의 얼굴은 여전히 차가운 냉기만이 흐르고 있었다.

* * *

"곽자의가 순후검협 고천룡을 살해한 게 확실합니다."

비천문의 사내들은 한 노인 앞에 부복한 채로 지난 몇 달간의 조사 결과에 대해 보고했다.

노인, 태부 소영은 살짝 놀란 표정을 지었으나 여전히 침착한 목소리로 물었다.

"곽자의는 무공을 모르는 일반 사람이 아니더냐? 그런데 무림의 고수를 어찌 죽인 것이냐?"

"곽자의가 고천룡의 장원으로 들어가는 모습을 본 증인은 여럿 있으나, 그가 나오는 걸 본 사람은 단 한 명도 없었습니다. 그걸로 보건대, 독을 사용하여 죽인 다음 화골산(化骨散) 등으로 시신을 녹여서 증거를 인멸한 듯합니다."

"으음? 그런 것도 있나, 무림에는?"

"네. 비록 만들기 어렵고 약재가 귀해서 황금보다 비싸게 팔리는 약이기는 하지만 화골산은 엄연히 존재하는 약입니다."

"그렇다면 곽자의가 무림의 사람이라는 겐가?"

"그걸 확인하기 위해서 몇 달을 지켜보았습니다. 그가 가는 곳, 만나는 사람들을 일일이 확인하였습니다. 그와 만난 사람들은 물론 그가 들른 가게의 주인과 하인, 그리고 그들의 사돈, 팔촌까지 세세하게 조사하였습니다."

"오호, 대단하군그래."

소영은 진심으로 감탄했다.

하기야 그 정도 대규모의 조사와 탐문이 필요했기에 천하의 비천문이라도 몇 달이라는 시간이 필요했을 터였다.

그리고 그 결과가 지금 비천문의 당주 입에서 흘러나오고 있었다.

"모든 정보를 종합한 결과 곽자의는 무림의 신비 단체와 연관이 있으며, 그 신비 단체의 조직명이 경천회일 가능성이 매우 크다고 결론을 내릴 수 있었습니다."

"경천회?"

비천문 당주의 말에 매사 침착하기만 하던 소영이 저도 모르게 목소리를 높였다.

경천회라면 들은 기억이 있었다. 그것도 다름 아닌 황태자 주완룡을 통해서 확실하게 들었다.

-이 모든 사건을 일으킨 배후에 경천회라는 조직이 있는 것 같소이다. 수고스럽지만, 태부께서 은밀하게 조사하여 주시기 바라오.

소영의 눈빛이 파르르 떨렸다. 저도 모르게 그는 앙상한 주먹을 불끈 쥐고 있었다.

하기야 그가 이리도 격동하는 건 너무나도 당연한 일이었다.

지난 황궁 역모 사건 이후 관직을 떠나 은퇴하듯 세월을 보내면서 암암리에 조사해 왔던 그 정체불명의 경천회, 마침내 그 꼬리 중 하나를 잡게 되었으니 지난 육칠 년 세월을 허투루 보낸 셈이 아니게 된 것이었다.

"전하께 보고를 올렸느냐?"

"아직 보고드리지 않았습니다. 마침 오늘 곽자의가 소부 곽우중을 만난다고 해서 그곳에 사람들을 보내 마지막 염탐을 하던 참이었습니다."

"곽우중?"

"네. 갑자기 만나는 횟수가 늘어난 것이 아무래도 두 사람의 관계가 심상치 않다고 생각했습니다. 그래서 곽우중의 장원 주변에 사람을 배치하는 한편, 또 몰래 잠입하여 그들의 대화를 엿듣도록 지시를 내렸습니다."

"으음. 그럼 그들이 돌아오기까지 기다려야겠군그래."

"네. 그 전에 곽자의가 특히 자주 만나던 몇몇 인물부터 말씀드리겠습니다. 북경부 갑부 조 대인과 내각의 송 학사, 그리고……."

비천문 당주의 입에서 곽자의의 동료들 이름이 줄줄이 흘러나왔다. 입술을 굳게 다문 채 듣고 있던 소영의 눈빛과 표정이 점점 더 딱딱하게 굳어졌다.

이윽고 당주의 보고가 끝났다. 곽자의는 어느새 젖어 있던 이마의 땀을 닦아내며 길게 한숨을 내쉬었다.

"만약 지금 읊은 자들 중 반의반이라도 경천회와 관련이 있다면…… 그야말로 황실의 상황은 풍전등화 그 자체일 것이다."

그는 도저히 믿어지지 않는다는 표정으로 중얼거렸다.

곽자의와 연루된 사람의 수는 무려 이백 명이 넘었다.

심지어 대부분 이름을 대면 북경부 사람 누구나 고개를 끄덕이며 아는 체를 할 정도의 유명 인사였고, 하나같이 막강한 권세와 부를 지닌 거물들이었다.

만약 그들 모두가 경천회와 관련이 있다면…….

소영은 고개를 설레설레 흔들며 말했다.

"아니다. 지금 당장 입궁하여 전하를 뵈어야겠다. 이건 그야말로 촌각을 다투는 화급한 일이다."

일순 당주가 반대했다.

"하지만 지금은 너무 늦으셨습니다. 황궁도 문을 닫았을 테고……."

"상관없다. 바로 마차를 대령하도록 하라."

소영은 낯을 굳힌 채 지시했다. 그런 상관의 명령을 거절할 권리는 없었다. 비천문 당주와 수하들이 일제히 고개를 숙이며 말했다.

"명을 받듭니다."

3. 한밤중의 북경부

 늦은 오후 성문이 닫힐 무렵, 담호와 초목아, 고봉 진인과 진재건, 그리고 일노는 아슬아슬하게 북경부로 입성할 수 있었다. 해는 서쪽으로 뉘엿뉘엿 졌으며 행인들은 바쁘게 걸음을 옮기고 있었다.
"중심가 쪽에 객잔을 잡기에는 너무 늦은 것 같군."
 잠시 말을 멈춘 진재건은 한숨을 쉬며 담호를 돌아보았다.
"강호오괴가 분명 이곳 북경부에 축융문이 있다고 했습니까, 소장주?"
 담호는 소장주라는 칭호가 아직도 어색한 듯, 아니면 진재건 같은 중년 사내가 자신을 존대하는 게 부끄러운 듯 미묘한 표정을 지으며 고개를 끄덕였다.
"네. 확실히 이곳이라고 말씀하셨어요."
"허어, 옛말에 나무는 숲에 숨기고 사람은 성시에 숨으라고 했다더니…… 축융문이 북경부에 있을 줄 누가 알았을꼬?"
 고봉 진인이 전혀 상상하지도 못했다는 듯이 고개를 설레설레 흔들었다.
 강호는 넓었다. 곳곳에 심산유곡이 있어서 지금까지 사람의 발길이 닿지 않은 곳도 수두룩했다.
 그런 까닭에 사람을 피하고 세속과의 인연을 끊고자 하

는 이들은 아주 깊은 산속에 들어가거나 절해고도(絶海孤島)에 숨어 고립된 삶을 살아가는 게 일반적이었다. 고봉 진인의 고묘파 역시 그런 경우라 할 수 있었다.

하지만 축융문은 대담하게도 사람들 사이에 몸을 숨기는 방법을 택했고, 지금까지 그 누구에게도 자신들의 신분과 정체가 발각되지 않았다.

"어쩌면 축융문의 처사가 더 옳은 방법일지도……."

고봉 진인은 그렇게 중얼거리다가 고개를 크게 한 번 휘젓는 것으로 상념을 떨쳐 내고는 담호를 향해 다시 말을 건넸다.

"그럼 이제 어떻게 할 겐가? 바로 축융문을 찾아갈 건가? 시간이 조금 늦은 것 같은데."

초목아가 끼어들었다.

"우선 근처 객잔을 찾아서 짐을 푸는 게 어떨까요? 그리고 축융문은 내일 일찍 방문하기로 하고요."

진재건이 고개를 저으며 말했다.

"제 생각으로는 지금 당장 방문하는 게 낫지 않을까 싶습니다. 내일 문을 열었을 때 방문하면 오가는 사람들의 눈치를 봐야 하지 않겠습니까? 차라리 영업을 끝내고 문을 닫은 지금이 낫지 않을까 싶은데요."

담호는 잠시 생각하다가 고개를 끄덕였다.

"진 당주의 말씀이 나을 것 같습니다. 지금 당장 축융문으로 향하죠."

 담호의 말에 사람들은 다들 동의했다. 그리고 갈림길에서 방향을 바꿔 천천히 말을 몰기 시작했다.

 갈림길의 오른쪽은 시가지로 향하는 길이었고, 왼쪽은 교외로 이어지는 한적하고 스산한 숲길이었다. 축융문의 은둔처는 바로 그 한산한 교외에 있었다.

 데엥!

 묵직한 종소리가 가까운 곳에서 들려왔다.

 "근처에 절이라도 있는 모양이로군."

 고봉 진인이 피식 웃으며 중얼거렸다.

 "빌어먹을 절은 사방 곳곳에 있는데, 우리 도관(道觀)은 왜 꼭 심산유곡에 있어야 하는지······."

 그러는 동안 해는 빠르게 저물어 밤이 찾아왔다.

* * *

 밤이 깊었다.

 거리의 인적은 보이지 않는 가운데 두 필의 말이 이끄는 마차 한 대가 빠른 속도로 대로 한복판을 질주하고 있었다.

 만약 낮이었다면 수백, 수천 명의 사상자를 일으킬 정도로 빠른 질주였다.

 마차의 바퀴는 금방이라도 빠질 것처럼 연신 덜컹거렸

고, 마차는 위아래로 크게 출렁거렸다.

마차 주변에는 세 필의 말을 탄 무사들이 보조를 맞춰 달리고 있었는데, 무사들의 눈빛은 하나같이 날카롭고 매섭게 주위를 훑고 있었다.

마차 안에는 소영이 홀로 앉아 있었다. 빠르게 준비를 한다고 했지만 이미 날은 꽤 어두워진 후였고, 황궁의 문은 닫힌 지 오래였다. 물론 소영이라면 뒷문이든 쪽문이든 언제든지 출입할 수 있는 권한이 있었다.

"흐음, 전하께서 취침하기 전에 당도해야 하는데……."

소영은 창밖으로 어두워진 한적한 거리를 바라보다가 불쑥 입을 열었다.

"지름길로 가자꾸나."

마차를 호위하듯 옆에서 말을 달리던 무사, 비천문의 당주가 살짝 걱정스럽다는 표정으로 대답했다.

"낙원사(樂園寺) 쪽은 너무 한적하고 동떨어져 있어서 위험할 수도 있습니다."

"설령 불한당이나 흑방 놈들이 있다고 한들 자네들이 있는데 걱정할 게 어디 있겠느냐? 그쪽으로 가자꾸나."

"알겠습니다."

당주가 앞으로 말을 달려 마부와 이야기를 나눴고, 마부는 곧장 마차의 방향을 틀었다.

삼거리에서 좌측으로 향하자, 수풀이 우거진 한적한 거

리로 이어졌다. 멀리서 해시(亥時)의 시작을 알리는 종소리가 은은하게 들려왔다.

 교외의 한적한 밤길은 조용했다. 말 달리는 소리와 마차 바퀴 덜컹거리는 소리만이 요란하게 울려 퍼졌다.

 이윽고 좌측으로 낙원사의 모습이 보였다. 낙원사를 좌측으로 끼고 빙 돌면 곧바로 언덕이 나오는데, 그 언덕을 지나 십여 리 가면 황궁의 동문으로 이어졌다.

 거리를 따라 마차를 달리는 것보다 대략 일각에서 이각 정도 시간을 줄일 수 있는 지름길이었다.

 얼마나 달렸을까. 언덕이 보였다. 겨울을 보내고 사월로 접어들면서 나무들은 더욱더 울창해졌고, 수풀이 우거져서 마치 깊은 산속을 내달리는 듯한 광경이었다.

 드문드문 창고나 폐가 같은 건물들이 보이기는 했지만 인적은 전혀 없었다.

 '아무리 곱씹어 봐도 믿을 수 없는 일이다.'

 황궁에 가까워질수록 소영은 더더욱 초조해졌다.

 '곽 소부 같은 자도 경천회와 관련이 있다니……'

 확실하지는 않았지만, 경천회의 끄나풀인 곽자의와 친분을 나누고 있는 것만으로도 충분히 의심할 수 있는 정황이었다.

 그리고 그건 오늘 그들의 회담을 엿들은 비천문 사람들의 보고를 들으면 더욱 확실해질 사안이기도 했다.

그때였다.

갑자기 마차가 크게 요동치며 급정거했다. 말들이 요란스럽게 울부짖으며 앞발을 높이 쳐들었다. 그 바람에 하마터면 소영은 앞으로 꼬꾸라질 뻔했다.

겨우 중심을 잡고 다시 자리에 앉은 소영이 무슨 일인가 싶어서 창밖으로 고개를 내밀려 할 때, 당주가 빠르게 다가와 제지했다.

"위험합니다. 안으로 들어가 계십시오."

"무슨 일이냐?"

"대여섯 명의 사람들이 길 앞에 있습니다. 아무래도 적들인 것 같습니다."

"적?"

소영의 눈이 휘둥그레졌다.

적이라니. 천하의 태부 소영에게 적이 있을 리가.

바로 그때 순간적으로 그의 뇌리를 스치고 지나가는 한 생각이 있었다.

'설마 곽자의가 보낸 자객들?'

소영의 얼굴이 일그러졌다.

소영을 제지하고 창을 닫은 당주는 천천히 말을 몰아 마차 앞으로 이동했다. 두 명의 수하도 그를 따랐다.

그들과 약 사오 장 떨어진 곳, 그곳에서 여섯 필의 말과 다섯 명의 사람이 천천히 말을 몰고 다가오고 있었다.

당주는 눈을 가늘게 떴다. 내일 날이 흐리려고 하는지 달빛도 흐리고, 별빛도 어두웠다. 불이라고는 마차 앞을 밝히는 등롱(燈籠)뿐이었다.

당주는 침착하게 입을 열었다.

"무엇하는 놈들이기에 감히 태부 소영 어르신의 행차를 가로막는 것이더냐?"

일순 상대방이 움찔하며 말을 몰아 좌우로 길을 터 주었다.

하지만 당주는 쉽게 움직이지 않았다.

'길을 비켜 준 척하면서 우리가 지나가는 걸 기다렸다가 양쪽 옆에서 협공할 가능성이 없지 않다.'

당주는 최대한 긴장을 늦추지 않은 채 그들의 면면을 훑어보았다.

당주와 수하들의 전신에서 투기와 살기가 고슴도치의 가시처럼 일어서는 순간, 동시에 그들의 전신에서도 간과할 수 없는 살기가 뿜어져 나왔다.

'역시 적이다!'

당주는 천천히 손을 움직여 칼을 쥐었다.

* * *

"거봐. 내가 오늘은 푹 쉬고 내일 아침 일찍 찾아 나서

자고 했지? 벌써 이 근처를 몇 바퀴나 맴도는 거야?"

초목아가 쫑알대는 소리를 한 귀로 흘려들으면서 담호는 연신 주변을 둘러보았다.

사방은 이미 어둠에 잠식되어서 어디가 어디인지, 무엇이 무엇인지 전혀 감을 잡을 수가 없었다. 담호의 얼굴 가득 곤혹스러운 기색이 가득했다.

'이상하네. 분명 낙원사에서 십여 리 떨어진 언덕 근처에 있다고 했는데…… 왜 전혀 보이지 않지?'

담호는 고개를 갸웃거렸다.

아닌 게 아니라 초목아의 말대로 벌써 세 번이나 이 길을 되돌아오던 참이었다.

무불통지 노로통의 말을 빌자면 한눈에 알아볼 수 있는 건물이라고 했는데, 아무리 눈을 씻고 찾아봐도 주위에는 허름한 창고나 폐가가 전부였다.

이렇게 계속 길가에서 허투루 시간을 보낼 바에는 역시 초목아의 의견대로 내일 다시 찾아오는 게 나을지도 몰랐다.

"그럼 마지막으로 낙원사 쪽을 돌아보고, 그래도 찾을 수가 없다면 오늘은 이만 포기하기로 하죠."

담호의 말에 사람들은 피곤한 기색을 지우지 않은 채 고개를 끄덕였다.

그렇게 사람들이 천천히 숲길을 따라 낙원사 방향으로

향하던 참이었다.

두두두두!

거친 말발굽 소리와 요란한 바퀴 소리가 들려온다 싶더니 순식간에 언덕 저편에서 한 대의 마차와 세 필의 말이 쏜살같이 달려왔다.

담호 일행이 움찔 놀라 옆으로 피하려 하는 순간, 어느새 그들 앞까지 달려온 마차가 급하게 멈춰 서며 말들이 요란하게 울부짖었다.

그러고는 세 필의 말을 탄 사내들이 앞으로 나와 담호 일행에게 으르렁거리듯 물었다.

"무엇하는 놈들이기에 감히 태부 소영 어르신의 행차를 가로막는 것이더냐?"

9장.
담호, 소영을 만나다

그의 칼에서는 담우천의 절기인 수라참쇄십이결(修羅斬碎十二結)이,
그의 발에서는
야래향의 절기이자 화군악이 애용하는 원령혼무보(月靈混霧步)의 보법이,
칼을 들지 않은 손에서는
곤륜파 유 노대의 태청산수(太淸散手)의 수법이 연달아 펼쳐졌다.

담호, 소영을 만나다

1. 춘부장(春府丈)의 함자(銜字)

'태부 소영?'

담호 일행은 눈이 휘둥그레졌다.

황궁이나 조정의 일에 대해서는 문외한이라 할 수 있는 그들이었지만 그래도 태부가 얼마나 높은 직위인지, 황태자의 스승이라는 직책이 얼마나 위엄에 찬 일인지 정도는 익히 알고 있었다.

그래서 그들은 말없이 말들을 몰아 양쪽으로 물러나 길을 터 주었다.

하지만 저들은 지나쳐 갈 생각 대신 투기와 살기를 끌어올렸고, 반사적으로 진재건과 일노 또한 살기를 드러냈다.

순간 주변 분위기가 싸늘하게 변했다. 일촉즉발의, 손가락으로 톡 건드리기만 해도 터질 것 같은 압박감이 주변을 휘감았다.

진재건은 속으로 한숨을 내쉬었다.

'젠장, 또 내가 나서야 하나?'

이런 경우에는 대체로 무리의 우두머리가 나서서 상황을 중재하고 타개하는 법이었다.

그러나 지금 이 무리의 우두머리는 담호였고, 진재건은 솔직히 그에게 그럴 능력이 있다고는 믿지 않았다.

담우천의 아들이든, 화평장의 소장주이든, 어쨌든 이런 경우에 직접 나서서 상대와 이야기를 해 본 경험 자체가 아예 없었으니까.

진재건이 그런 생각을 하면서 막 입을 열려던 차였다. 담호가 말 위에서 두 손을 모으며 인사했다.

"이쪽은 사천 성도부 사람들이고, 저는 담호라고 합니다. 밤늦게 길을 헤매다가 그만 태부 어르신의 행차를 방해했나 봅니다."

정중하고 공손한 어투였다.

'호오.'

진재건이 이채의 눈빛을 반짝일 때, 상대 비천문의 당주 역시 이채의 눈빛을 빛내며 담호와 동료들을 둘러보았다.

'흐음. 가장 나이가 어려 보이는 소년이 먼저 나서서 입을 열다니. 저 무리의 우두머리가 저 꼬마란 말이지?'

당주는 담호를 눈여겨보면서 입을 열었다.

"사천 성도부라면 북경부에서 상당히 먼 곳에 있는 곳이구려. 그 먼 곳에서 이곳을 찾아온 이유가 궁금하오만?"

당주는 상대가 무리의 우두머리라고 생각한 만큼 어린 담호에게도 존대했다.

담호는 살짝 망설이는 표정을 짓다가 말했다.

"지인을 만나러 왔습니다."

"지인? 혹시 누구인지 말씀해 줄 수 있소? 우리가 아는 사람일 수도 있으니 말이오."

"북경화포(北京花炮)의 주인입니다. 분명 이 근방이라고 이야기를 들었는데, 초행길이라서 그런지 몇 번을 오가도 영 찾지 못하던 참이었습니다."

"북경화포? 아, 그래서 길을 헤매고 있구려?"

당주는 고개를 끄덕이며 알은척을 했다.

북경화포는 폭죽을 전문적으로 만드는 곳이었고, 또 늘 화약과 폭약을 다루는 만큼 사람이 북적거리는 시내를 벗어나 한적한 교외에 자리를 잡고 있었다.

"아무래도 초행길에 이 어둠 속에서 찾는 건 확실히 무리가 있소. 대낮이면 또 몰라도 말이오."

담호, 소영을 만나다 〈261〉

당주는 빙긋 웃더니 손으로 뒤쪽을 가리키며 말을 이었다.

"저쪽으로 이삼 리 정도 더 가다 보면 우측으로 아주 허름한 창고 비슷한 건물이 나올 것이오. 바로 그 건물이 북경화포라오."

담호의 얼굴에 화색이 돌았다.

"아, 그 건물이라면 본 것 같습니다."

"하하. 낮에 보았더라면 그게 북경화포의 가게인지 확실히 알 수 있었을 것이오."

당주의 말에 초목아가 입을 내밀었다.

"거봐. 내가 내일 찾아오자고 했지?"

당주는 그들의 모습을 보고 더는 걱정하지 않아도 된다 싶었다. 그래서 얼른 두 손을 모으고 자리를 뜨려 했다.

"그럼 우리는 이만……."

담호도 손을 모아 말했다.

"조심히 살펴 가시기를."

당주의 손짓에 따라 마차가 다시 출발하려 했다.

그때 마차 안에서 늙수그레한 음성이 들렸다. 소영이었다.

"잠깐만."

막 움직이려던 마차가 다시 멈췄다. 창이 열리고 소영이 고개를 내밀었다.

당주가 깜짝 놀라서 그를 향해 말을 몰았다. 하지만 소영은 개의치 않고 담호를 바라보며 입을 열었다.
"담호라고 했던가?"
담호는 공손하게 대답했다.
"네."
"사천 성도부의 담호라고?"
"네. 그렇습니다."
"흐음, 그럼 춘부장(春府丈)의 함자(銜字)는 우천이겠고?"
담호는 움찔 놀랐다.
"그건 어찌……."
"흠, 그럼 이들 모두 화평장 사람인가?"
"아, 그게……."
담호는 허둥거렸다.
화평장 사람이라는 건 숨겨야 할 비밀이었다. 세상 사람들이 모두 무림오적을 뒤쫓고 있는 이 상황에서 화평장의 이름을 발설하는 건 그만한 위험이 뒤따르는 일이었다.
과연 저 노인을 믿을 수 있을까.
비록 부친의 이름을 알고 있다고는 하지만 그게 같은 편이라는 증거는 아니지 않은가. 외려 적이기 때문에 알고 있을 가능성도 배제하면 안 되었다.
그런 연유로 담호가 망설이자, 그 모습을 지켜보던 소

영이 빙긋 웃으며 마차 밖으로 손짓했다.

"이리 가까이 오너라."

당주가 다급하게 말렸다.

"안 됩니다. 위험합니다."

소영이 너털웃음을 흘렸다.

"허허허. 묘한 일이구나. 같은 주군을 모시는 처지임에도 불구하고 저들은 우리를 경계하고, 우리는 저들을 경계하고 있으니 말이다."

소영은 담호를 바라보며 말을 이었다.

"나는 전하를 모시는 사람이다. 그런 연유로 화평장과 그곳 사람들에 대해서는 남들보다 조금 많이 알고 있다. 화평장의 주인 중 한 명인 강 대협과는 만나서 이야기를 나눈 적도 있단다."

담호는 망설이다가 말에서 훌쩍 뛰어내렸다. 그 경쾌한 몸놀림에 당주는 살짝 놀란 눈빛으로 가벼운 탄성을 흘렸다.

"호오."

그 단순한 몸동작만으로도 약관도 채 되지 않은 어린 소년이 얼마나 지난한 수련을 거쳐 왔는지, 그리고 지금 최소한 어느 정도의 무위를 지녔는지 알아차린 것이었다.

담호는 천천히 마차 쪽으로 걸음을 옮겼다. 그의 뒤를 따라 훌쩍 말에서 뛰어내린 진재건이 따라붙으며 소곤거렸다.

"조심하십쇼, 소장주."

"괜찮아요, 진 당주."

담호는 웃으며 말한 후 곧장 마차로 다가갔다. 진재건은 언제든지 칼을 빼 들 준비를 한 채 그를 호위하듯 따라붙었다.

그 모습을 지켜보던 당주와 소영이 동시에 고개를 끄덕였다.

"아주 좋은 수하를 두었구나."

소영이 칭찬했다.

어느새 마차에 이른 담호가 소영을 향해 다시 손을 모으며 인사했다.

"화평장의 담호가 소 할아버지께 인사 드립니다. 이렇게 뵙게 되어 반갑습니다."

"허허허. 할아버지라. 그것참 오래간만에 듣는 단어로구나. 그래, 나도 반갑다. 네 부친과 숙부들의 이야기는 전하께 너무 많이 들어서 귀에 딱지가 생길 정도였단다. 아, 그리고 보니 너도 소황자 전하와 종종 놀아 드렸다면서?"

소황자는 주완룡의 아들을 뜻했다.

담호는 그제야 비로소 이 노인이 적이 아니라고 확신했다. 지난 여름 소황자와 함께 놀았던 일은 주완룡의 측근이 아닌 이상 누구도 알 수 없는 일이었으니까.

"그래. 다들 어디서 뭘 하고 지내는지 이야기를 듣고 싶구나. 또 네가 왜 북경화포를 찾는지도 궁금하고 행여 내가 도와줄 수 있는 일이 있을지도 알고 싶다. 하나……."

소영은 한숨을 쉬며 말했다.

"실은 지금 촌각을 다투는 일로 전하를 뵈러 가는 중이었다. 그러니 아무래도 지금은 더 길게 이야기를 나눌 수가 없겠구나."

"괜찮습니다."

"그럼 내일이나 모레 즈음 내 장원에 들르도록 하라. 아, 아직 거처를 정하지 않았을까?"

"오늘 막 북경부에 당도한 참이라서요."

"그럼 아예 이렇게 하자꾸나. 내가 집안 사람들에게는 미리 이야기해 둘 터이니 내일 바로 내 장원에 와서 짐을 풀도록 해라. 그리고 이 늙은이의 이야기 벗이 되어 주고. 그럴 수 있겠느냐?"

"알겠습니다."

"허허. 상황이 이렇지만 않다면 함께 전하를 만나 뵈러 가자고 권유했을 텐데…… 전하께서도 네 이야기를 들으면 매우 기뻐하실 게다."

그렇게 살가운 대화를 나눈 후, 소영은 손을 뻗어 담호의 어깨를 토닥거리고는 곧바로 마차를 출발시켰다.

당주와 두 명의 수하는 담호 일행에게 가볍게 눈인사를

건네면서 빠른 속도로 산길을 따라 말을 몰았다.

두두두두!

요란한 소리와 함께 그들의 모습은 이내 어둠 저편으로 사라졌다.

2. 뭔가 꼬이는 하루

'정말 이상하다니까.'

진재건은 다시 말에 오르며 고개를 갸웃거렸다.

'도대체 무슨 매력이 있기에 만나는 노인들마다 하나같이 이 아이에게 다정하게 구는지 모르겠다.'

진재건은 나란히 말에 오르는 담호를 힐끗 바라보았다. 그 시선을 알아차렸는지 담호가 진재건을 돌아보고는 싱긋 웃으며 고개를 숙였다.

"고맙습니다. 끝까지 저를 호위해 주셔서."

진재건은 가볍게 눈살을 찌푸리며 말했다.

"그게 제 일이니까요."

"그래도 고마운 건 고마운 거죠. 그럼 우리도 출발할까요?"

담호가 웃으며 말할 때였다.

진재건은 문득 낯을 굳히며 숲 한쪽으로 시선을 돌렸

다. 절로 한숨이 흘러나왔다.

'젠장, 뭔가 일이 꼬이는 하루군그래.'

그가 내심 속으로 그렇게 투덜거릴 무렵 뒤늦게 고봉진인과 일노도 숲 한쪽으로 고개를 돌렸다. 거의 비슷한 순간 담호가 낮은 목소리로 진재건을 향해 소곤거렸다.

"누군가 있습니다."

'호오.'

진재건은 재차 놀랐다.

진재건이 놈들의 기척을 알아차린 것과 담호가 눈치챈 건 그야말로 한 끗 차이였다. 도대체 어느새 이 어린 녀석이 이 정도까지 성장한 것일까.

진재건은 담호가 화평장에 들어온 그날부터 지금까지 그가 단 하루도 빼먹지 않고 수련해 왔다는 걸 익히 알고 있었다. 또한 주변에는 담우천이나 만해거사 등 날고 기는 고수들이 즐비했으니 배울 여건도 매우 뛰어났다.

그런 연유로 담호의 성장이 남다르다는 것 정도는 이미 잘 알고 있었으나, 설마 자신의 무위까지 바짝 뒤쫓을 정도로 성장했다는 건 미처 몰랐다. 아니, 인정할 수가 없었다.

'그렇다면 지난 세월 내가 겪고 쌓아 올렸던 그 무수한 경험과 노력과 인내는 무엇이란 말이냐?'

진재건은 입술을 깨물었다. 하지만 그는 이내 예의 그

무뚝뚝한 표정으로 자신의 속내를 감추고는 나지막하게 말했다.

"그럼 어떻게 할까요?"

담호는 조심스레 제 의견을 말했다.

"저들이 누구인지, 숨어 있는 그 의도가 무엇인지 모르는 상황에서 무작정 움직일 필요는 없다고 봐요. 긴장을 늦추지 않되, 그대로 이곳을 떠나는 게 나을 것 같아요."

"알겠습니다."

진재건이 고개를 끄덕일 때, 아무것도 모르는 초목아가 해맑은 표정을 지으며 말을 몰아 다가왔다.

"거봐. 내가 아무래도 그 건물이 수상쩍다고 했지? 어쩐지, 이런 외진 곳에 있기에는 너무 크더라니까."

담호는 싱긋 웃으며 고개를 끄덕였다.

"맞아. 누나 말이 맞아. 그럼 이제 그곳으로 갈까?"

담호가 말고삐를 흔들었다. 말이 천천히 걸음을 옮겼고, 그를 따라 다른 사람들 모두 산길을 이동하기 시작했다.

연신 초목아가 조잘거리는 가운데, 사람들의 이목은 온통 숲속에 쏠려 있었다.

숲속에는 대략 십여 명의 기척이 은신하고 있었다. 담호 일행이 숲길을 따라 걷는 동안, 그들 또한 소리 없이 움직이며 담호 일행을 관찰했다. 적당한 거리를 둔 채 최대한 은밀하고 조심스럽게.

만약 담호 일행이 평범한 일류 고수 정도의 무림인이었더라면 아마도 그들의 기척은 전혀 눈치채지 못했을 것이었다.

하지만 고봉 진인이나 일노 모두 일류 이상의 실력을 지녔고, 담호 또한 어느새 그 경지에 올라 있었다.

이 상황을 모르는 이는 오직 초목아뿐이었고, 그녀는 쉬지 않고 이런저런 이야기를 쏟아 내는 중이었다.

반면 담호의 표정은 어색하기만 했다.

'무림오적을 노리는 무림인들일까? 우리가 화평장 사람이라는 걸 들었던 것일까?'

담호는 내심 머리를 굴리면서, 그녀의 이야기에 반사적으로 고개를 끄덕이다가 문득 눈빛을 반짝였다.

'그렇구나!'

담호는 간과하고 있던 한 가지 사실을 깨달았다.

'저들이 처음부터 우리를 뒤쫓은 건 아니다.'

그랬다.

축융문을 찾기 위해서 이곳 산길을 여러 번이나 왕복했지만, 그동안 자신을 주시하는 눈길이나 기척은 전혀 느끼지 못했다. 느닷없이 저 눈길과 기척이 나타난 건 소영을 만난 후의 일이었다.

'그럼 설마…….'

담호의 뇌리가 빠르게 움직였다.

소영은 촌각을 다투는 일로 황태자 주완룡을 만나러 가는 길이라고 했다. 이 늦은 시각에 촌간을 다투는 일이라니, 그만큼 위중하고 위험한 상황이라는 뜻일 것이다.

그러니 반대쪽에는 소영이 주완룡에게 그 상황을 보고할 경우 큰 타격을 받게 될 자들이 있을 테고, 그들은 어떤 방법을 동원해서라도 소영이 주완룡을 만나지 못하게 방해하려 들 것이었다.

담호는 주위를 둘러보았다.

인적이 끊어진, 한적하다 못해 음산하게 느껴질 정도의 어두운 산길이었다. 이런 곳이라면 천하의 태부가 기습받아 암살을 당한다 하더라도 누구 하나 그 사실을 알지 못할 터였다.

우연히 산길을 지나다가 소영과 대화를 나눈 담호 일행을 제외한다면.

'그래서 우리에게도 사람이 따라붙은 거다. 보다 실력이 뛰어난 자들은 소 할아버지를 뒤쫓아 가고, 나머지 자들은 우리를 감시하다가 기회를 봐서……'

죽이려 들겠지.

담호는 침을 꿀꺽 삼켰다.

온갖 생각과 추측으로 인해 머릿속이 잔뜩 헝클어져서 혼란스럽기 이를 데가 없었다.

"도대체 무슨 생각을 그리 골똘히 하는데?"

문득 초목아의 뾰족한 목소리가 그의 상념을 일깨웠다. 담호가 고개를 돌리자 초목아는 잔뜩 화난 표정을 지은 채 짜증을 부렸다.

"지금껏 내가 한 말 하나도 듣지 않았지? 뭐야? 누구 생각하는 건데? 설마, 그 여우 같은 언니? 아니면 아라 언니?"

'헤에. 이 와중에도 그런 엉뚱한 생각을 할 수 있구나.'

담호는 저도 모르게 피식 웃었다.

"왜 웃는데? 내 말이 말 같지 않아? 그런 거야?"

"아냐, 누나. 누나의 그 앵돌아진 표정이 너무 예뻐 보여서."

일순 초목아의 얼굴이 발갛게 달아올랐다. 그녀는 팔짱을 끼며 고개를 홱 돌렸다.

"흥! 그런 입에 발린 말로 내 화가 풀릴 줄 안다면 그건 오산이라고!"

"알겠어. 나중에 사과할게. 그보다 잠깐, 진 당주."

담호가 자신을 내버려 둔 채 진재건을 부르자 초목아는 더욱 심통이 난 표정을 지었다. 그러나 담호는 전혀 그녀를 신경 쓰지 않은 채 가까이 다가온 진재건과 소곤소곤 대화를 나눴다.

초목아가 문득 호기심을 느껴 귀를 가까이 가져갔지만

전혀 엿들을 수 없을 정도로 나지막한 목소리였다.
 듣고 있던 진재건의 얼굴은 여전히 무심하고 무뚝뚝해 보여서 대체 무슨 이야기를 듣는지 알 수가 없었다. 초목아는 입을 삐죽이며 투덜거렸다.
 "그래. 나는 꿔다 놓은 보릿자루지? 아무도 내게는 신경 쓰지 않지?"
 "허허허. 뭐가 그리 심통이 났을꼬?"
 고봉 진인이 곰방대를 뻐끔거리며 다가와 그녀에게 말을 건넸다.
 "심통은 무슨……."
 투덜거리던 초목아의 안색이 한순간 급변했다. 그녀의 귓가로 고봉 진인의 전음이 들려왔던 것이었다.
 ─누군가 우리를 노리고 있는 것 같구나. 담호와 진 당주는 그걸 논의하고 있는 게다.
 전음을 듣는 순간 초목아의 몸이 일순 나무토막처럼 뻣뻣하게 경직되었지만 다음 순간 그녀는 언제나처럼 시끄럽게 조잘거렸다.
 "하여튼 못된 아이라고요. 누나 걱정은 혼자 다 시키고 말이에요."
 그녀는 눈치가 빨랐다.
 자신이 뭔가 지금과 달리 어색한 행동이나 표정을 보인다거나 혹은 갑자기 입을 꾹 다문다면, 이 광경을 지켜보고 있는 자들의 의혹을 살 거라는 사실을 알고 있었다.

그랬기에 초목아는 고봉 진인의 전음에도 불구하고 여전히 조잘거리고 있었다.

"잠시 소피 좀 보겠습니다."

진재건이 길 한쪽으로 말을 세우며 말했다. 그러자 일노가 고개를 끄덕이며 말을 받았다.

"아, 그럼 나도……."

진재건이 눈살을 찌푸렸다.

"사내 물건에는 관심이 없는데."

"그런 나도 마찬가지입니다."

두 사람은 그런 어수룩한 대화를 나누면서 곧 숲 안쪽으로 걸어 들어갔다.

그러자 담호가 늘어지게 기지개를 켜며 초목아에게 말했다.

"아, 온종일 말을 탔더니 엉덩이가 부서질 것 같아. 누나는 그렇지 않아?"

초목아가 입을 내밀었다.

"누나에게 못하는 말이 없네?"

"여하튼 잠깐 내려서 가볍게 운동 좀 하면서 몸을 풀어야겠어."

담호는 느릿하게 말에서 내렸다. 초목아도 잠시 망설이다가 훌쩍 말에서 뛰어내리고는 으스댔다.

"아직도 누나보다 말을 제대로 타지 못하면 어떻게 해?"

담호가 활짝 웃으며 말했다.

"역시 누나라니까. 나중에 좀 가르쳐 줘."

담호는 그렇게 말하면서 팔과 허리를 돌리며 가벼운 운동을 시작했다.

말 위에서 물끄러미 그 광경을 지켜보던 고봉 진인이 껄껄 웃더니 갑자기 자신의 품을 뒤지기 시작했다.

"가만있자. 부싯돌을 어디에다 두었더라?"

고봉 진인도 곧 말에서 내려서 짐을 실어 둔 말에게 다가가 짐을 헤집기 시작했다.

그들이 말을 세운 숲 가는 정체불명의 기척들이 은신한 채 지켜보던 숲과 맞은편이었다.

그곳에서 담호는 가벼운 맨손 체조를 하고 있었고, 키 작은 고봉 진인은 말의 짐을 뒤적이고 있었다. 초목아는 나무에 등을 기댄 채 담호를 지켜보며 별 내용 없는 이야기를 떠들고 있었다.

시간은 느릿하게 흘렀다. 주변 공기가 멈춘 듯했다.

그런 가운데 담호의 오감은 마치 아랫도리가 발기한 것처럼 발딱 일어서서 주변 모든 상황을 훑고 있었다.

소슬(蕭瑟)한 바람, 나뭇잎 흔들리는 소리, 누군가 침을 꿀꺽 삼키는 소리가 또렷하게 그의 귓전으로 파고들었다.

담호, 소영을 만나다 〈275〉

그러던 한순간이었다.

"지금입니다!"

담호가 벼락처럼 소리치며 지면을 박찼다. 그의 신형이 성난 범처럼 뛰어올라 맞은편 숲으로 날아들었다.

푸드득!

동시에 마치 꿩이 날아오르는 듯한 소리가 숲속 사방에서 들려왔다.

초목아는 주먹을 불끈 쥔 채 초조한 눈빛으로 담호가 날아간, 그리고 고봉 진인이 지둔술(地遁術)을 펼쳐 사라진 방향을 주시했다.

마른침을 삼킨 것일까. 절로 그녀의 가녀린 목젖이 꿈틀거렸다.

3. 역습(逆襲)

"이상하군."

사내는 수풀 뒤에 몸을 숨긴 채 맞은편 숲을 응시하며 중얼거렸다.

"소피를 보러 간다는 놈들이 왜 이리 늦는 거지?"

곁에서 함께 몸을 숨긴 동료가 낮은 목소리로 소곤거렸다.

"소피 대신 큰 걸 보는 건 아닐까?"

사내는 인상을 찡그리고는 다시 소년과 소녀, 그리고 늙은이 쪽으로 시선을 돌렸다.

"노인의 모습이 보이지 않는데?"

다시 동료가 대꾸했다.

"가뜩이나 키가 작잖아? 말과 말 등에 실은 짐에 가려서 보이지 않을 수밖에. 처음부터 그랬다고."

"흐음, 설마 우리를 눈치챈 건 아니고?"

"그럴 리가."

동료가 흐흐 웃으며 말했다.

"기껏해야 도련님과 아가씨, 그리고 그들을 시중드는 늙은이와 두 명의 호위 무사야. 이들이 어찌 우리 경혼대(驚魂隊)의 움직임을 알아차릴 수 있겠나?"

동료는 아무래도 지금 이 임무가 마음에 들지 않는 모양이었다. 그는 앞쪽으로 힐끗 시선을 돌리며 투덜거리듯 말했다.

"역시 비천문 놈들이랑 한바탕 싸우는 게 나았는데. 하필이면 우리에게 이런 시시한 임무를 맡겼나 모르겠어. 역시 대주의 속셈을 알다가도 모르겠다니까."

그러자 사내는 소년과 소녀에게서 시선을 떼지 않은 채 동료의 말을 받았다.

"대주가 분명하게 말했잖아? 소영과 저리 친근하게 대

화를 나누는 걸 보면 결코 평범한 이들이 아닐 거라고 말이야. 잠시 상황을 지켜보다가 수상쩍은 행동을 보인다면 바로 죽이라고도 했고."

"알아, 안다고. 하지만 그래도 아직 약관도 채 안 된 소년과 소녀잖나? 그런 어린 녀석들을 죽이기 위해 열두 명이나 이곳에 투입한다는 게 아무래도 과한 것 같거든. 뭐랄까, 쥐 잡는 데 소 잡는 칼을 쓴다고나 할까. 과유불급이라고나 할까."

동료가 그렇게 말하며 살짝 기지개를 켜려던 순간이었다.

"지금입니다!"

주시하고 있던 소년이 벼락처럼 소리치며 정확하게 사내와 동료들이 은신하고 있는 곳으로 몸을 날렸다.

사내는 움찔 놀라는 동시에 그래도 침착하게 칼을 빼들고 소년을 공격하려 했다.

하지만 그 순간 사내는 발을 움직일 수가 없어 허둥거리고 말았다. 땅속에서 누군가의 손이 툭 튀어나와 그와 동료의 발을 낚아챈 탓이었다.

"귀, 귀신이다!"

동료가 놀라 부르짖는 순간, 어느새 사오 장 거리를 단숨에 날아든 소년의 손에서 한 줄기 도광(刀光)이 이는가 싶더니 목젖 어림에 커다란 구멍이 뻥 뚫렸다. 동료는 제대로 비명도 지르지 못한 채 앞으로 꼬꾸라졌다.
'뭐, 뭐냐?'
당황하기는 사내도 마찬가지였다. 그는 황급히 발길질하여 제 발목을 붙들고 있는 손을 떼어 내려 했지만, 생각보다 훨씬 그 손의 힘은 완강했다.
이윽고 우두둑! 소리와 함께 사내의 발목이 으스러졌다.
'으윽!'
참을 수 없는 고통이 작렬하면서 사내의 시선이 아래로 분산되는 순간, 동료를 찌른 소년의 칼이 다시 사내의 가슴을 찔러 왔다.
사내는 이를 악물며 다급하게 칼을 들어서 막으려고 했다. 그러나 놀랍게도 소년의 칼은 뱀이 움직이는 것처럼 기묘한 변화를 일으키더니, 사내의 칼을 피해 그대로 가슴을 찔렀다.
"큭!"
사내는 짧은 신음과 함께 소년을 바라보았다. 믿을 수 없다는 표정이 사내의 얼굴에 가득 담긴 가운데, 사내는 억지로 입을 열어 말하려고 했다.
"내 동료들이……."
그때였다.
"컥!"

"큭!"

 사방에서 동시다발적으로 짧고 격한 비명과 신음이 흘러나왔다. 곳곳에 분산되어 숨어 있던 사내의 동료들이 내뱉는 비명과 신음이었다.

 사내의 얼굴이 추악하게 일그러졌다.

 "우리 경혼대가…… 반드시 네놈을……."

 사내는 저주를 퍼붓듯 이야기하다가 결국 끝을 내지 못하고 쓰러졌다.

 담호는 거칠게 숨을 몰아쉬며 칼을 고쳐 쥐었다.

 지둔술을 펼쳐서 놈들의 발목을 낚아챈 고봉 진인의 모습은 이미 사라지고 보이지 않았다. 대신 곳곳에서 "귀신이다!", "뭐, 뭐냐?" 하며 당황스러운 목소리가 터져 나오고 있었다.

 담호는 울창한 나무로 뒤덮인 주위를 둘러보다가 가장 가까운 기척을 향해 몸을 날렸다.

 그의 칼에서는 담우천의 절기인 수라참쇄십이결(修羅斬碎十二結)이, 그의 발에서는 야래향의 절기이자 화군악이 애용하는 월령혼무보(月靈混霧步)의 보법이, 칼을 들지 않은 손에서는 곤륜파 유 노대의 태청산수(太淸散手)의 수법이 연달아 펼쳐졌다.

 열두 명의 암습자는 느닷없이 날아온 담호와 땅속에서 종횡무진 움직이는 고봉 진인, 그리고 갑자기 등 뒤에서 모습을 드러낸 진재건과 일노의 협공에 제대로 대응하지 못한 채 속절없이 쓰러졌다.

불과 일각도 안 되어 상황은 종료되었다.

진재건이 헉헉 숨을 몰아쉬며 칼을 거두고는 담호에게 보고하듯 말했다.

"모두 열두 명이 숨어 있었습니다. 그중 일곱 명은 죽었고 네 명은 중상을 입었으며, 한 명만이 경상을 입은 채 혈도에 제압당한 상태입니다."

이때 담호는 자신의 결정을 살짝 후회하고 있던 참이었다. 그는 한순간의 결단을 통해 진재건에게 놈들의 배후로 돌아가 기습하라는 지시를 내렸다.

눈치 빠른 일노는 진재건과 함께 소피를 보러 가겠다는 말을 남기고서 숲을 빙 돌아 놈들의 뒤쪽을 잡았다. 역시 눈치 빠른 고봉 진인은 말에서 부싯돌을 찾는 시늉을 하면서 지둔술을 발휘, 땅속을 파고들어 놈들의 발목을 낚아챘다.

그 모든 게 담호가 내린 결정에서 비롯된 일이었고, 그 결정으로 인해 지금 이렇게 처참한 참상이 펼쳐지게 된 것이었다.

'저들은 우리에게 어떤 짓도 하지 않았는데.'

담호는 입술을 깨물었다.

당하기 전에 먼저 친다는 건 병법의 기본 중의 기본이

었다. 지난날 은자림과 살막 등의 살수들에게 그리고 오대가문의 무사들에게 쫓기면서 또 그들과 싸우면서 본능적으로 터득한 깨우침이었다.

하지만 정작 이렇게 자신의 결정과 지시로 십여 명의 사상자를 만들어 낸 걸 보고는 자신이 너무 성급했던 게 아닐까, 말로 해결할 수는 없었을까, 아니면 이들을 무시하고 곧장 말을 돌려 소영의 뒤를 쫓는 게 낫지 않았을까 하는 온갖 후회들이 어린 소년의 마음을 휘젓고 있었다.

"아니, 잘하셨습니다."

진재건은 마치 그런 담호의 속내를 읽은 듯 그렇게 입을 열었다.

"놈들은 언제고 반드시 우리의 빈틈을 노려 기습을 감행했을 겁니다. 그러니 당하기 전에 먼저 놈들을 친 건 정말 옳은 결정이고 지시였습니다."

담호는 가만히 입술을 깨문 채 진재건의 말을 들었다. 진재건은 계속해서 말을 이어 나갔다.

"앞으로 이런 결정과 지시를 수없이 내려야 할 겁니다. 그로 인해 아군이 피해를 입을 수도 있고, 또 생각보다 더 큰 참사가 벌어질 수도 있습니다. 하지만 후회하지 마십쇼. 오랫동안 숙고하되 한 번 결심한 이상 뒤돌아보지 않고 내달리는 것, 그게 제대로 된 우두머리이니까요."

"그래. 그건 진 당주의 말이 맞구나."

온몸이 흙투성이가 된 채 땅속에서 기어 나온 고봉 진인이 얼굴에 묻은 흙을 털면서 말했다.

"만약 네가 마냥 고민하고 망설였더라면 저 아이가 크게 다치는 상황도 벌어질 수도 있었다. 그러니 역으로 기습하자는 네 결정은 옳았던 것이다."

담호는 고봉 진인의 눈길을 따라 시선을 돌렸다. 길 건너편에서 초목아가 벌벌 떨며 이곳을 쳐다보고 있었다.

담호는 입술을 깨물었다. 확실히 놈들이 먼저 기습을 펼쳐서 난전이 벌어졌다면, 그녀의 안전이 위험할 수도 있었다.

"이곳은 내게 맡기시죠."

일노가 사내 한 명을 질질 끌며 다가왔다.

마혈이 제압당한 듯 사내는 짐짝 취급을 받는데도 전혀 꼼짝하지 못했다.

"시신들을 정리하고 이 친구에게 자초지종을 듣겠습니다. 그동안 소장주는 그 태부라는 자를 쫓아가 도와주셔야 합니다. 아마 진짜배기 실력을 지닌 암습대는 그쪽에 집결해 있을 테니까요."

담호는 일노가 저 혈도를 제압당한 사내에게 무슨 짓을 할지 잘 알고 있었다. 일반적으로 포로의 입을 여는 방법은 오직 하나뿐이었으니까. 일노는 지금 그 귀찮고 험한 일을 자신이 맡겠다는 것이었다.

담호, 소영을 만나다 〈283〉

담호는 새삼 일노에게 고마움을 느끼며 입을 열었다.

"그러네요. 저만의 상념에 젖어 있을 때가 아닌 것 같아요. 여러 어르신의 말씀, 마음 깊이 새겨 두겠습니다."

담호는 일일이 세 사람에게 인사를 한 후 다시 말했다.

"그럼 일노 아저씨께 이곳을 부탁하기로 하고 우리는 소 할아버지의 뒤를 쫓아가죠."

"그래야지."

고봉 진인은 머리에 묻은 진흙을 떼어 내면서 고개를 끄덕였다. 진재건은 어깨를 으쓱거리고는 허리를 숙였다.

"명을 받듭니다, 소장주."

담호의 얼굴이 살짝 붉어졌다. 하지만 그는 이내 표정을 관리하면서 다시 숲 밖으로 달려 나갔다.

기다리고 있던 초목아가 초조한 듯 물었다.

"무슨 일이야? 왜 갑자기 비명이 쏟아지는데? 누구랑 싸운 거야?"

담호는 말에 올라타며 말했다.

"가면서 설명할게, 누나."

뒤따라 달려온 고봉 진인과 진재건이 훌쩍 날아올라 말에 타자 초목아는 영문도 모른 채 말에 올랐다.

"일노 아저씨는?"

"나중에 올 거야. 이럇!"

담호는 곧장 말을 달렸다. 그의 말을 선두로 고봉 진인과 진재건의 말이 뒤따라 질주하기 시작했다.
"같이 가!"
 초목아가 소리치며 황급히 말을 달리기 시작했다. 여전히 사위는 어두웠고 스산하고 황량한 숲길의 밤이었다.

10장.
담호, 경천회(驚天會)와 싸우다

비검술은 검을 던져 목표물을 찌르거나 벤 다음 다시 회수하는 수법이었다.
어검술을 검을 조종하여 허공에서 홀로 싸우게 만드는 수법이었다.
물론 두 가지 모두 내공이
화후의 경지에 접어든 초절정의 고수들만이 펼칠 수 있는 수법이었다.

담호, 경천회(驚天會)와 싸우다

1. 어검술(馭劍術)

담호 일행과 헤어진 지 제법 시간이 흘렀지만 소영의 마차는 그리 멀리 가지 못했다.

그들은 담호 일행이 빠르게 말을 달린 지 얼마 지나지 않아서, 밤하늘 멀리 퍼지는 병장기 부딪치는 소리를 들을 수 있었다.

챙! 챙!

울려 퍼지는 병장기 소리를 들은 담호는 더욱 박차를 가하여 말을 달렸다. 언덕을 넘어서자 마차 한 대를 두고 수십 명이 접전을 벌이는 광경이 보였다.

담호는 빠르게 상황을 둘러보았다.

마부는 한쪽에 팔을 움켜쥔 채 쓰러져 있었다. 또 당주를 따르던 두 명의 수하 역시 적잖은 부상을 입은 채 힘겹게 칼을 휘두르고 있었다.

 오직 당주만이 여전히 건재한 모습으로 수십 명의 적 사이를 헤집고 다니면서 칼바람을 일으켰다.

 하지만 형세는 암울했고, 당주 또한 녹록지 않았다.

 적의 수는 대략 이십여 명, 그중 부상을 입은 자는 단 한 명도 보이지 않았다. 그들은 숙련자들처럼 민첩하게 치고 빠지기를 반복하며 차륜전(車輪戰)을 펼쳐서 당주와 수하들을 괴롭히고 있었다.

"고봉 할아버지."

 담호가 고봉 진인을 바라보았다. 그 눈빛만으로 담호의 저의를 이해한 듯 고봉 진인이 고개를 끄덕이며 말했다.

"쳇, 기껏 흙을 다 털어 냈더니."

 동시에 그는 훌쩍 몸을 날려 땅속으로 자취를 감췄다. 뒤따라 달려오던 진재건이 혀를 내둘렀다.

"보면 볼수록 귀신같은 수법이라니까."

 지둔술은 사실 벽을 뚫고 모습을 드러내거나 혹은 핏물처럼 녹아내려 자취를 숨기는 식의 사술(邪術)과 닮은 점이 없지 않았다.

 또 내공을 통해 자신의 몸을 어느 정도까지 변화시킬 수 있느냐 하는 점에서는 유가기공(瑜伽氣功)과도 통하는 면이 있었다.

결국 산을 오르는 길은 여럿이지만 그 정상은 하나이듯, 무공 또한 극(極)에 이를수록 하나로 모여지는 게 당연한 이치였다.

담호는 정신을 집중하고 칼을 쥔 손에 내공을 불어넣었다.

귀멸(鬼滅)이라는 이름을 지닌 파풍도(破風刀)였다. 황궁의 무기고를 둘러보다가 마음에 들어 저도 모르게 손을 뻗어 쥔 게 바로 귀멸이었다.

이후 담호는 귀멸의 무한한 사용법을 익히느라 지금까지도 고생하고 있었다. 그중 하나가 파풍도를 유성추(流星錘), 혹은 채찍처럼 사용하는 방법이었다.

말은 빠르게 달렸고 난전이 벌어지는 곳과 어느 정도 거리가 가까워졌다. 마차를 기습한 놈들도 담호 일행을 눈치챈 듯 뒤돌아보며 경계했다.

그 순간이었다, 담호가 말 등을 박차고 밤하늘을 날아오른 것은.

담호의 신형이 허공을 가르며 일직선으로 뻗어 나갔다. 순식간에 자신들의 배후까지 날아온 담호를 향해 놈들은 칼과 검을 들고 만반의 준비를 갖췄다.

대략 일 장여, 칼과 검이 닿기에는 아직 제법 거리가 떨어졌다는 생각이 드는 순간, 갑자기 담호가 파풍도를 내던졌다.

우우웅!

요란한 파공성과 함께 파풍도가 매섭게 회전하며 허공을 날았다.

일순 놈들의 눈빛이 경악으로 물들었다.

"비검술(飛劍術)?"

"어검술(馭劍術)?"

말도 안 되는 단어들이 그들의 입에서 중구난방 튀어나왔다.

비검술은 검을 던져 목표물을 찌르거나 벤 다음 다시 회수하는 수법이었다. 그리고 어검술은 검을 조종하여 허공에서 홀로 싸우게 만드는 수법이었다.

물론 두 가지 모두 내공이 화후의 경지에 접어든 초절정의 고수들만이 펼칠 수 있는 수법이었다.

하지만 어린 소년이 내던진 칼은 확실히 제 의지를 담은 듯 빠르게 회전하며 허공을 날며 그들의 목을 베고 정수리를 내리찍고 가슴을 찔렀다.

우우웅!

어느새 지면 위에 우뚝 선 소년이 휘젓는 손짓에 따라 칼은 요란하게 울부짖으면서 이십여 명의 적들과 맞서 싸우고 있었으니, 바로 저 전설의 어검술이 현세(現世)에 그 모습을 드러낸 것이었다.

"미, 믿을 수 없다! 어검술이라니!"

"뭔가 저 어린 자식이 사술을 펼치고 있는 게다! 모두 정신 똑바로 차리고 싸워라!"

적들은 연신 고함을 내지르며 허공을 휘감고 있는 파풍도를 향해 칼과 검을 쑤셔 댔다.

하지만 파풍도는 눈이 달린 것처럼 그들의 공세를 피하는 동시에, 연신 새파란 살기를 번뜩이며 그들의 정수리와 어깨를 내리쳤다.

"놈! 놈을 죽여라!"

누군가 담호를 가리키며 소리쳤다. 동시에 서너 명의 사내가 일시에 몸을 날려 담호에게 덮쳐들었다.

"어딜!"

순간 진재건이 담호의 앞을 가로막으며 놈들의 공격을 막아 냈다.

그의 칼은 단순했으나 파괴력이 넘쳐흘렀다.

챙!

칼과 칼이 부딪치는 순간 적의 칼이 산산조각이 나며 사방으로 흩어졌다. 진재건의 칼은 놈의 무기를 부순 힘 그대로 상대의 정수리부터 가랑이까지 일직선으로 내리그었다.

쩌억!

상대의 몸이 반으로 갈라졌다. 피가, 살점이, 기름이

사방으로 튀었다.

 또 다른 적도 마찬가지였다. 단 한 번의 칼질에 한 놈의 몸을 반으로 가른 진재건은 허공에서 곧바로 칼의 방향을 선회하며 또 다른 자의 옆구리를 베어 갔다.

 놈은 다급하게 검을 들어 진재건의 칼을 비스듬히 빗겨 내려 했다.

 하지만 그건 놈의 착각이었다.

 챙!

 칼과 검이 부딪치는 순간, 검은 감당할 수 없는 강력한 힘과 파괴력에 의해 두 동강이가 났다.

 그리고 검이 부러진 사내가 보법을 밟아 피하기도 전에 진재건의 칼은 그의 옆구리를 일도양단(一刀兩斷)의 수법으로 그어 버렸다.

 사내의 몸은 자신의 검처럼 반으로 싹둑 잘려 나갔다.

 손을 휘저어서 파풍도의 움직임을 조종하던 담호는 놀란 눈으로 힐끗 진재건을 바라보았다.

 담호는 이미 일류 고수 이상의 실력을 지니고 있었다. 또 무엇보다 담우천이나 화군악, 장예추 등 초절정에 이른 고수들이 싸우고 대련하는 모습을 늘 가까이에서 지켜본 경험이 있었다.

 그래서 담호는 그 누구보다 고수들의 실력에 대해서 그 무위에 대해서 정확하게 파악할 수 있었다.

그런 담호의 눈에 들어온 진재건의 무위는 결코 제 숙부들에 비해서 전혀 뒤지지 않아 보았다.

'진 아저씨는 대체……'

일개 뒷골목 건달, 흑방의 방도 출신이라고 하기에는 진재건이 방금 보여 주었던 무위가 너무나도 뛰어났다.

"칼!"

진재건이 앞으로 달려 나가며 소리쳤다.

그 바람에 담호는 퍼뜩 정신을 차렸다. 잠시 다른 생각을 하느라 집중하지 못했던 탓에, 허공을 날던 그의 파풍도가 실 끊어진 연처럼 비실거리며 추락하려던 참이었다.

담호는 황급히 내공을 끌어올리면서 손가락을 휘둘렀다. 그의 손가락에는 둥근 고리가 걸려 있었는데, 바로 파풍도 손잡이 끝에 매달린 고리였다.

담호가 그 고리를 이용하여 잡아당기자, 고리에 이어진, 투명한 실처럼 가늘고 긴 쇠사슬이 촤라라락! 소리를 내며 줄어들었다. 동시에 파풍도가 매섭게 회전하며 담호의 손으로 되돌아왔다.

차르륵!

쇠사슬이 모두 손잡이 안쪽으로 사라지자 철컥, 하는 소리와 함께 고리가 손잡이 끝에 부착되었다. 바로 이것이 귀멸이라는 이름을 가진 파풍도의 또 다른 사용법이었다.

그렇게 귀멸파풍도를 손에 든 담호는 앞서 달려 나간 진재건의 뒤를 따라 폭광질주섬(爆光疾走閃)의 경공술을 펼쳤다. 빛이 폭발하는 것처럼 빠르게 질주한다는, 담우천의 절기가 그 아들의 두 발에서 고스란히 재현되었다.

 한순간 담호의 신형이 진재건과 나란히 선다 싶더니 이내 담호는 그를 제치고 앞서 달려 나갔다.

 '허어, 보면 볼수록……'

 진재건은 새삼 담호의 무위에 감탄하며 곧장 적들 한복판으로 뛰어들었다.

 담호와 진재건의 가세에 힘을 얻었을까, 당주와 두 사내도 더욱더 거세게 적들과 맞서 싸우기 시작했다.

 물론 이때의 상황도 불리하기는 매한가지였다. 담호와 진재건이 합류했다고는 하지만 이쪽은 다섯 명 뿐이었다.

 반면 담호의 귀멸파풍도와 진재건의 칼질로 인해 순식간에 대여섯 명이 쓰러졌다고는 하지만 아직도 열다섯 명 이상의 적이 건재했다.

 갑작스러운 기습과 눈으로 직접 보고도 믿어지지 않는 담호의 어검술, 그리고 진재건의 무지막지한 파괴력이 실린 칼질에 놀라고 당황한 적들이었으나, 이내 정신을 차리고 전열을 가다듬어 새롭게 싸우기 시작하자 전황은 순식간에 저들의 것이 되었다.

"어떻게 이곳에?"

한 차례 칼을 크게 휘둘러 적을 물러서게 한 후 당주가 숨을 헉헉 몰아쉬며 담호에게 물었다. 담호는 당주와 등을 맞댄 채 적을 노려보며 빠르게 물었다.

"소 할아버지는요?"

"괜찮네, 나는."

마차 안에서 소영의 목소리가 들려왔다. 담호가 안도의 한숨을 몰아쉴 때였다. 잠시 물러나 대열을 가다듬던 적들이 재차 공격을 퍼붓기 시작했다.

2. 형식과 순서

담호 일행의 순간적인 기습, 특히 담호가 펼친 어검술에 놀라고 당황하여 한순간 손발이 어지러워졌던 적들이었으나, 그들은 생각보다 훨씬 숙련된 암살자들이었다.

그들은 담호가 날린 파풍도가 어검술이나 비검술이 아닌, 단지 고리에 매달린 쇠사슬을 이용한 기술이라는 걸 순식간에 파악했다.

또한 진재건과는 일대일로 칼을 부딪치거나 싸우지 않고, 여러 명이 합심하여 차륜전을 벌이기 시작했다.

담호 일행의 기습에 대여섯이 쓰러져 나뒹굴고 있었지

만 아직 그들에게는 열다섯 명의 정예가 남아 있었고, 냉정을 회복한 그들은 품자 형태로 세 개의 진을 만들어 각자 담호와 진재건, 그리고 비천문 사람들을 상대했다.

다섯 명이 한 조가 되어 움직이는 진법은 그야말로 마차 바퀴가 구르는 것처럼 부드럽고 유기적이며 능숙했다.

세 명이 공격을 취하고 두 명은 틈을 엿보고, 세 명 중 누군가가 위기에 처하게 되면 대기하고 있던 두 명이 즉각적으로 대응하여 위기를 넘기는 한편 상대를 더더욱 궁지에 몰아넣기를 반복한다.

그 쉴 새 없이 돌아가는 차륜전을 통해 상대의 체력과 내공을 소모하게 만든다.

결국 상대의 발은 무뎌지고 동작은 느려져서 다섯 명의 느닷없는 합공에 무너질 수밖에 없으니, 바로 그것이 이들 경천회 암살자들이 자랑하는 오행연환척살진(五行連環刺殺陣)의 묘용이었다.

이들은 태부 소영을 암살하라는 곽자의의 지시를 받은 경천회의 무사들이었다. 또한 그들은 이미 소영의 주변에 비천문의 무사들이 있다는 걸 알고 있는 만큼, 만반의 준비를 갖춘 채 소영의 마차를 가로막고 나선 참이었다.

이번 작전에는 경천회의 암살 조직인 금은팔각(金銀八角) 중 하나인 천룡살각(天龍殺角)의 절반 이상이 투입되었다.

특히 각주(角主)와 두 명의 조장(組長)까지, 천룡살각에서 가장 강한 고수들까지 나섰으니, 반드시 임무를 성공해야만 비로소 체면이 선다 할 수 있었다.

"어디의 누구인지는 모르겠지만 불과 두 명, 아니 세 명만으로는 우리를 막을 수 없을 것이다."

각주는 힐끗 맞은편을 바라보며 중얼거렸다.

두두두두!

뒤늦게 한 필의 말이 더 달려오고 있었다. 워낙 어두운 데다가 거리가 멀리 떨어져 있어서 말을 탄 이의 얼굴은 보이지 않았지만 체격이 상당히 왜소하다는 것만큼은 알 수 있었다.

각주는 이목을 집중하여 상대의 투기와 무위를 확인했다. 느닷없이 기습을 감행해 온 두 명과는 달리 상당히 미약하고 현저하게 떨어지는 투기였지만, 그래도 각주는 경계심을 늦추지 않았다.

그는 다시 전장을 둘러보며 크게 소리쳤다.

"뭣들 하느냐? 빠르게 정리하지 않고!"

동시에 그는 자신의 절초를 시전하며 비천문의 무사에게 덤벼들었다. 한 가닥 섬광이 핏빛으로 허공을 가른다 싶은 순간, 지금껏 악착같이 버티며 싸워 온 비천문 수하의 목에 구멍이 뚫렸다.

"진월(秦越)!"

비천문의 당주가 놀라 부르짖었다. 하지만 진월이라 불린 자는 대답 한 마디, 비명 한 자락 없이 그대로 꼬꾸라지고 말았다.

"감히 내 앞에서 한눈을 팔다니!"

각주는 다시 한번 일직선으로 검을 내질렀다. 그야말로 빛과 같은 빠르기로 혈선(血腺) 한 가닥이 각주의 허리춤에서 비천문 당주의 목까지 일직선으로 내달렸다.

비천문 당주가 애써 냉정을 되찾으며 그 쾌검을 막으려 했으나 이미 각주의 검은 그의 목을 꿰뚫고 있었다.

빨랐다. 빨라도 너무나 빨랐다. 비천문 당주의 안색이 사색이 되는 순간이었다.

"으음?"

각주의 의아하다는 일성(一聲)과 더불어, 아슬아슬하게 그의 쾌검이 당주의 목 언저리에서 멈췄다. 피부가 찢어졌지만 중상은 아니었다.

당주는 그 순간을 놓치지 않고 빠르게 보법을 밟으며 옆으로 돌아가 두 팔을 높이 들었다가 벼락처럼 휘둘렀다. 당주의 커다란 칼이 흉흉한 기세로 각주의 허리를 힘껏 내리찍었다.

이때 각주의 시선은 당주를 향하지 않고 있었다. 고개를 숙인 그의 시선 끝자락에는 지면을 뚫고 불쑥 솟아나서 자신의 발목을 움켜쥔 두 개의 손이 있었다.

흙투성이가 된 주름투성이의 손이었다.

마치 땅속 깊이 파묻혔다가 천하의 섭리를 거스르고 되살아난 시신의 그것처럼, 깡마르고 볼품없는 두 손은 각주가 보법을 발휘할 수 없게끔 움직이지 못하게끔 수천 근의 족쇄처럼 그의 두 발을 단단히 움켜쥐고 있었다.

각주는 내공을 끌어올려 자신의 발목을 움켜쥔 손을 뿌리치려 했다. 그러나 뼈만 남은 두 손치고는 믿어지지 않을 정도로 강한 완력이었다. 두 손은 마치 땅속 깊이 뿌리를 내린 것처럼 전혀 꿈쩍도 하지 않았다.

'이런 빌어먹을!'

각주는 애검(愛劍)인 천인혈(千人血)을 들어 두 개의 손목을 일시에 베어 내려 했다.

하지만 비천문의 당주는 그걸 용납하지 않았다. 그의 커다란 칼이 각주의 허리를 난도질하듯 내리쳤다. 각주는 그제야 당주의 존재를 인식하고는 황급히 천인혈의 방향을 선회하여 당주의 칼을 막으려 했다.

하지만 다음 순간, 각주의 몸이 크게 요동치며 균형을 잃고 자세가 무너졌다. 두 발목을 잡고 있던 손이 갑자기 힘껏 그의 발을 잡아당긴 까닭이었다.

'이런!'

이번에는 각주의 안색이 사색이 되었다.

고수와 고수의 싸움에서 한순간, 말 그대로 찰나의 틈

은 곧 생사를 가르는 균열이 되는 법.

땅속의 손이 발을 잡아당기는 바람에 순간적으로 자세가 무너지고 균형을 잃게 된 각주는 더 이상 비천문 당주의 무시무시한 칼질을 막을 수 없었다.

우우웅!

파공음이 각주의 전신을 휘감았다. 뒤늦게 칼이 각주의 허리춤을 내리찍었다.

살이 갈라지고 피가 튀었다. 천생의 힘과 전력의 내공이 실린 일격은 단숨에 각주의 허리를 양단했고, 그렇게 천룡살각의 각주는 목숨을 잃었다.

쿵! 소리와 함께 각주의 상반신이 지면에 떨어졌다. 각주의 부릅뜬 눈은 아직도 제 죽음이 믿어지지 않는다는 듯 제 발목을 붙잡고 있는 두 손을 노려보았다.

지면이 꿈틀거리는가 싶더니, 불쑥 한 명의 노인이 땅을 뚫고 모습을 드러냈다. 노인은 그때까지 붙들고 있던 두 발목을 아무렇게나 내던졌다. 그제야 우뚝 서 있던 각주의 하반신도 지면에 데구루루 굴렀다.

"귀, 귀하는?"

비천문 당주가 놀란 눈으로 노인을 내려다보며 물었다. 흙투성이 노인이 싱긋 웃으며 말했다.

"그대들을 도우러 온 사람이라네."

노인은 그 한마디를 남기고는 길게 숨을 들이마신 후

곧장 땅속으로 몸을 숨겼다. 그야말로 두더지처럼 그의 신형이 순식간에 사라졌다.

비천문 당주는 믿어지지 않는다는 듯이 그 자리를 떠나 한쪽으로 이동하는 지면의 꿈틀거림을 지켜보며 중얼거렸다.

"지둔술을 저리 자유자재로 사용하는 고인이 있다니……."

* * *

처음에는 손발이 어지럽고 눈앞이 핑핑 돌아 쉽게 대처할 수가 없었다. 어느 게 진초(眞招)이고 어느 게 허초(虛招)이고 어느 게 가초(假招)인지 전혀 가늠하지 못했다.

당연한 일이었다.

가뜩이나 실전 경험이 부족한 담호였다. 심지어 이런 차륜진을 상대하는 건 처음이었다.

세 명의 합공을 막아 내는 것도, 뒤쪽에 대기한 채 기회를 엿보던 두 명이 느닷없이 기습을 펼치는 것도 방비하는 게 결코 쉬운 일이 아니었다.

그 바람에 여기저기 상처를 입었다. 옷이 찢어지고 피부가 갈라져서 피가 흘렀다. 언뜻 보면 몸 곳곳, 십여 군데 이상에서 피를 줄줄 흘리는 모습이 한없이 위태롭기만 했다.

그러나 어느 한 곳 중상을 입은 데는 없었다. 또한 처음과는 달리 갈수록 담호는 그들의 차륜전법에 익숙해졌고 훨씬 더 손발이 원활하게 움직이기 시작했다.

 그리하여 지금은 그들의 움직임에 약속된 형식과 순서가 있음을 깨달았다.

 비록 그들의 칼과 검이 쉬지 않고 현란하게 움직이며 시야를 어지럽게 만들고는 있지만, 그 형식이 매번 비슷하다는 걸 알아차린 후 담호의 움직임은 훨씬 더 부드럽고 안정되었다.

 '하기야 다섯 명이 제멋대로 한꺼번에 덤벼든다면 자신들의 무기에 동료가 당할 수도 있으니까.'

 담호는 비로소 진법의 기본 원칙 중 하나를 이해할 수 있었다.

 애당초 다섯 명이 에워싼 채 세 명이 덤벼든다고 해서, 마구잡이로 공격을 감행할 수는 없었다. 또한 뒤에서 대기하고 있던 두 명이 상대의 빈틈을 발견했다고 해서 무작정 기습을 펼칠 수도 없었다.

 자칫 아직 후퇴하지 않은 동료를 벨 수도 찌를 수도 있었으며, 또한 동료의 몸과 움직임에 가려 제대로 무기를 휘두를 수도 없었으니까.

 그래서 진법에는 약속된 형식과 순서가 필요했다. 전법을 구성하고 있는 자들의 움직임이 톱니바퀴처럼 원활하고 수레바퀴처럼 부드럽게 이어진다는 건 그만큼 그들이 펼치는 형식과 이어지는 순서의 숙련도가 높다는 의미였다.

공격과 방어, 후퇴와 기습은 마구잡이로 이뤄지는 게 아니라 철저하게 훈련된 방식에 따라 운용되었다.

물론 순간적인 임기응변도 있었지만, 그건 어디까지나 숙련된 호흡을 바탕으로 펼칠 수 있었다. 그게 아닌, 자신만의 임기응변은 언제고 동료들의 목숨을 위협할 수 있었다.

형식과 순서. 어쩌면 그게 세상 모든 차륜진법의 장점이자 단점이라고 할 수 있었다.

'알고 보니 이 차륜진은 오행의 순리를 따르고 있구나.'

담호는 자신을 에워싸고 협공을 펼치는 다섯 명의 움직임을 지켜보면서 내심 그렇게 중얼거렸다.

그는 숙모들인 당혜혜와 정소흔으로부터 이미 하도낙서(河圖洛書)와 역(易)에 관한 공부를 마친 후였다. 아직 스스로 기문진을 설치할 수 없다 뿐이지 팔괘와 구궁, 오행의 묘리는 담호의 머릿속 깊이 각인된 상태였다.

오행의 진(陣)은 수화목금토(水火木金土)라는 다섯 가지가 서로 맞물려 돌아가거나 서로 배척하는 성질을 이용하여 만든 진법이었다.

'방위(方位)를 보아하니 저쪽 세 사람이 각각 목수금(木水金)인 모양이로구나.'

오행의 다섯 기운이 각각 서로 다르게 상생상극(相生相剋)하다 보니 상극하는 기운끼리 연달아 배치하지 않았다.

지금도 그러했다. 수(水)는 목(木)을 도우니 옆에 두고, 금(金)은 수를 도우니 그 옆에 배치했다. 그리고 금은 다시 목을 배척하니, 그 사이에 수를 배치해 둔 것이었다.

그렇다면 그들의 배치를 역이용하여 수를 물리친 다음 금과 목이 한자리에 모이게 하면 어떤 일이 벌어질까.

일순 담호의 머릿속에 묘책이 떠올랐고, 동시에 그는 그 생각을 실행에 옮겼다.

"죽어라!"

담호는 그답지 않게 과장된 목소리로 크게 소리치며 파풍도를 내던졌다.

차라라라락!

일부러 한껏 주입한 내공 때문인지 쇠사슬 펼쳐지는 소리가 요란하게 울려 퍼지는 동시에, 그의 파풍도는 한 자루 화살처럼 장창처럼 쏘아져 나갔다.

파풍도가 노리는 건 물의 자리에 있던 자, 사내는 느닷없이 펼쳐진 기습에 놀라 황급히 뒤로 물러나며 몸을 피했다.

담호는 게서 멈추지 않았다. 그는 전력을 다해 몸을 날렸다. 마치 성난 호랑이가 뒷걸음질을 치는 사냥감의 멱을 따려는 것처럼 그야말로 전광석화와 같은 도약이었다.

하지만 그 움직임은 외려 저들의 포위망 안으로 뛰어드는 결과를 야기했다.

세 명이 에워싼 가운데 한 명이 뒤로 물러났고 그 물러난 자를 쫓아 덤벼들었으니, 당연히 담호의 양쪽으로 두 명의 적이 포진되는 형국이었다. 어쩌면 불 속으로 뛰어드는 불나방과 같다고나 할까.

철룡살각의 암살자들은 그 절호의 기회를 놓치지 않았다. 두 사내는 오직 한 사람을 보고 덤벼드는 담호의 양 옆구리를 향해 전력으로 칼과 검을 휘둘렀다.

"안 돼!"

뒤늦게 말을 타고 달려온 초목아가 그 광경을 보고는 소스라치게 놀라 부르짖었다.

3. 동행(同行)

바로 그때였다.

힘껏 도약했던 담호가 한순간 비룡번신(飛龍翻身)의 수법으로 몸을 뒤집었다.

그를 찢어발길 듯 날아들었던 칼과 검이 아슬아슬하게 서로 엇갈리며 상대를 찔러 갔다. 두 명의 무사는 동료의 칼과 검이 자신들에게 날아들자 깜짝 놀라며 한쪽으로 몸을 피했다.

놀랍게도, 어이없게도 그들이 피한 쪽은 같은 방향이었고 그 바람에 미처 회수하지 못한 칼과 검이 그들의 어깨를 찌르고 베었다. 금과 목의 자리가 서로를 배척한다는 오행의 묘리가 현실로 나타나는 순간이었다.

바로 그때였다. 일직선으로 날아가던 담호가 갑자기 허공에서 방향을 바꾸며 그 두 사내를 공격한 것은.

"어엇, 그 경공술은 곤륜파의 곤륜대팔식?"

"네놈은 곤륜파의 제자인 게냐?"

두 사내는 놀라 부르짖으며 황급이 칼과 검을 휘둘렀다. 하지만 한자리에서 함께 휘두른 칼과 검의 궤적은 놀랍도록 똑같아서 챙! 챙! 하는 소리와 함께 서로 부딪치며 엉켰다.

담호는 그 순간을 놓치지 않았다.

그는 어느새 고리의 쇠사슬을 잡아당겨 회수한 파풍도로 질풍단섬폭 중 단(斷)의 초식을 펼쳤다.

공간과 공간을 벤다는 단의 초식이 폭풍과도 같은 기세도 두 사내의 허리를 베었다. 두 사내는 화들짝 놀라며 보법을 밟아 피하려 했지만, 그 순간 서로 몸이 부딪쳐 균형을 잃고 말았다.

담호의 파풍도가 그렇게 비틀거리는 두 사내의 허리를

동시에 베었다.

"커억!"

"큭."

단말마의 비명을 지른 두 사내의 상반신이 허공을 날았다가 지면으로 떨어졌다.

기묘하게도 두 사내의 상반신은 같은 자리에 차례로 포개지듯 떨어졌으니, 그것 역시 금과 목이라는 기운들이 부딪친 상극의 조화인 모양이었다.

오행연환척살진은 그렇게 무너졌다. 이제 세 사람만이 남아 펼치는 진법은 더 이상 오행연환척살진이 아니었다.

담호는 더욱 맹렬하고 과감하게 움직이며 파풍도를 휘두르기 시작했다. 그의 파풍도에서 온갖 초식과 도법이 현란하게 펼쳐졌다.

진법이 무너진 상황에서의 적들은 그저 담호의 파상적인 공세를 막아 내기에 급급했다.

한순간 붉은 용이 허공에 작렬했다. 언젠가 유랑객잔에서 만났던 혁자룡의 자룡도법이었다. 원래라면 겨우 삼류를 벗어난 도법이었으나, 지금 담호가 펼치는 자룡도법은 그 어떤 상승무공 못지않은 위력을 떨치고 있었다.

파풍도에서 용이 울부짖는 듯한 소리가 일었다. 주변 공기가 거친 회오리를 일으켰다.

세 명의 적은 연신 뒷걸음치기에 바빴다. 그럴수록 담호의 파풍도는 더욱 격렬하게 움직였다.

피가 튀었다. 살점이 잘렸다. 팔이 잘려 나갔다. 다리가 부러졌다. 목이 베였다. 그리고 조용해졌다.

담호는 피와 살점과 기름으로 범벅이 된 파풍도를 회수하며 길게 호흡을 내쉬었다.

담호는 주변을 돌아보았다. 단 한 번의 호흡으로 무려 백팔 번의 칼질을 해댄 결과물이 처참한 광경으로 펼쳐져 있었다.

찢어지고 잘린 팔과 다리가 사방에 흩어졌고, 목이 잘린 시신들이 아무렇게나 나뒹굴고 있었다.

담호는 저도 모르게 튀어나오는 헛구역질을 억지로 참았다. 눈 뜨고는 볼 수 없는 처참한 광경이었지만 눈을 돌리거나 외면할 수 없었다.

이 모든 게 스스로 만든 그의 업보(業報)였고, 결국 평생 동안 스스로 짊어져야만 하는 짐이었으니까.

나약해져서는 안 된다.

강호에서 살아가기로 결심한 이상 삶과 죽음은 동전의 양면과 같은 법, 언제 뒤바뀐 채 바닥에 떨어져도 이상하지 않으니까.

살아 있는 동안 최선을 다해 싸운다. 그게 강호의 밥을 먹고 살아가는 자의 숙명(宿命)인 게다.

담호는 입술을 악물며 주위를 둘러보았다.

천룡살각의 각주가 죽은 이후 상황은 극도로 유리했다. 마부와 수하들을 잃고 홀로 남게 되었지만, 비천문의 당주는 끝까지 전력을 다해 싸우고 있었다.

또한 고봉 진인은 두더지처럼 땅에서 불쑥불쑥 튀어나와 적의 발목을 잡거나 부러뜨리거나 베면서 종횡무진 활약하고 있었다.

그중 가장 놀라운 건 진재건이었다.

그는 다섯 명의 적을 상대로 전혀 당황하지 않고 침착하게 맞서 싸웠다. 그 모습은 마치 백전노장과 같았으며, 오랜 세월 동안 명성을 떨친 노기인과 같았다.

저만한 실력으로 성도부 일개 흑방의 당주 노릇을 해왔다니, 전혀 믿을 수가 없었다.

물론 화평장에서 지내는 동안 일취월장, 그 실력이 늘었다고는 하지만 그래 봤자 이삼 년 세월이었다. 이미 뼈가 굵고 근육이 딱딱해진 삼사십 대 나이의 무인이 이삼 년 동안 늘어 봤자 얼마나 실력이 늘었겠는가.

차라리 그것보다는 애당초 가지고 있던 실력을 드러내지 않았다고 보는 게 현실적이고, 타당한 추론이었다.

자신의 실력을 감춘 채 흑방의 당주 노릇을 하면서 세월을 보내다가 화평장에 들어와 어쩔 수 없이 본래의 무위를 드러낸 고수.

가만히 지켜보던 담호의 눈에 이채의 빛이 발할 때, 말에서 훌쩍 뛰어내린 초목아가 한걸음에 달려와 담호를 껴안았다.

 그녀의 느닷없는 행동에 담호는 그 어느 때보다, 오행연환척살진에 갇혀 있었을 때보다 훨씬 더 놀라고 당황했다.

 "바보!"

 초목아는 떨리는 목소리로 말했다.

 "죽는 줄 알았단 말이야!"

 담호는 그제야 미소를 지으며 초목아의 파르르 떨고 있던 어깨를 쓰다듬었다.

 "괜찮아. 그보다 아직 위험하니까 누나는 물러나 있어."

 초목아는 눈물이 그렁그렁한 눈으로 담호를 올려다보다가 포옹을 풀고는 뒤로 몇 걸음 물러났다.

 담호는 다시 한번 그녀를 향해 싱긋 웃고는 한 차례 파풍도를 떨쳐 내며 전장으로 몸을 날렸다.

* * *

 시신들을 매장하고 뒷수습을 한 일노가 현장으로 달려왔을 때는 이미 모든 게 정리된 후였다.

주변을 둘러본 일노는 저도 모르게 한숨을 내쉬었다. 방금까지 뒷수습을 하고 왔는데, 또다시 시신을 매장하고 수습할 상황이 펼쳐져 있었던 것이었다. 그것도 조금 전보다 대여섯 배 힘든 상황이.

 한편 마차의 문이 열린 채 한 명의 노인이 내려와 담호 일행과 이야기를 나누고 있었다. 바로 태부 소영이었다.

 "고맙네. 그대들 아니었으면 말 그대로 죽을 목숨이었네."

 소영은 진심으로 고마워했다. 그건 비천문의 당주도 마찬가지였다.

 "놈들을 과소평가하는 바람에 하마터면 어르신께서 목숨을 잃으실 뻔했습니다. 그런 참상이 벌어지지 않은 건 모두 여러분 덕분입니다. 진심으로 감사드립니다."

 비천문 당주는 손을 모으고 허리를 숙이며 담호 일행에게 감사의 뜻을 전했다.

 적들의 피와 살점과 기름으로 범벅이 된 담호는 당황하여 두 손을 내저었다.

 "아닙니다. 그저 해야 할 일을 했을 뿐입니다. 참, 황태자 전하께 빨리 전해 드려야 할 이야기가 있다고 하지 않으셨습니까? 예서 이럴 게 아니라 얼른 가 보셔야 하지 않겠습니까?"

 "그렇지. 고맙네. 그럼 나중에······."

황급히 마차에 오르려던 소영이 문득 담호를 돌아보며 말을 이었다.

"아니, 그럴 게 아니라 나와 함께 가는 건 어떻겠나? 전하께서도, 황태손(皇太孫) 저하(邸下)께서도 반가워하실 텐데."

그러자 비천문 당주도 말을 거들었다.

"게다가 아직 놈들의 잔당이 남아 있을 수도 있으니 꼭 좀 부탁드립니다."

담호는 살짝 당황하여 주변을 훑어보았다.

아닌 게 아니라 소영을 호위하는 인물은 이제 비천문의 당주뿐이었다. 마부도 없었으며, 호위무사도 없었다.

만약 적의 잔당이 남아 있거나 혹은 또 다른 무리가 기습을 노리고 매복해 있다면 지쳐 있는 비천문의 당주만으로는 도저히 감당할 수 없을 것이다.

담호는 그런 생각을 하면서 뒤를 돌아보았다. 지저분하지만 그래도 담호보다는 한결 깨끗한 복장을 유지하고 있는 진재건이 말없이 희미하게 고개를 끄덕였다.

흙투성이 고봉 진인은 좀처럼 떨어지지 않는 진흙을 털어 내며 말했다.

"뭐, 하루 이틀 뒤로 미룬다고 해서 북경화포가 도망치지는 않을 테니까."

"그래. 최소한 태부께서 입궁하시는 걸 보고 헤어지는

게 옳은 것 같아."

초목아도 거들었다. 언제 울먹거렸냐는 듯 그녀의 얼굴은 깨끗하기 이를 데 없었다.

반면 일노는 그들에게 조금도 신경 쓰지 않은 채 땅을 파서 시신들을 한데 묻는 중이었다.

담호는 잠시 생각하다가 고개를 끄덕였다.

"알겠습니다. 그럼 소 할아버지의 말을 따를게요."

"그래야지. 그럼 어서 오르게."

"하지만……."

"하지만은 무슨. 그대와 어린 아가씨, 그리고 노도사까지 충분히 탈 수 있는 공간이네."

진재건이 재빨리 말했다.

"저는 말을 타고 호위하겠습니다. 마차는 일노가 몰면 되겠고요. 일노의 마차가 얼마나 편안한지 누구보다도 잘 알고 계시잖습니까?"

더는 거절할 명분이 없게 된 담호가 한숨을 쉬며 고개를 끄덕이려는 찰나, 초목아가 소영의 뒤를 따라 재빨리 마차에 올랐다. 그리고 고봉 진인 또한 한숨을 쉬며 마차를 탔다.

"쳇. 진흙이 사타구니 사이까지 묻었네. 얼른 씻고 싶은데 말이지."

그렇게 동료들이 하나둘씩 마차에 오르자 담호도 결국

어쩔 도리 없이 마차에 올랐다.

 일노는 아직 제대로 수습을 하지 못한 상황을 아쉬워하며 현장을 떠나 마부석에 앉았다. 진재건은 짐을 실은 말만 챙긴 채 마차 옆으로 말을 붙였다. 비천문의 당주도 맞은편 위치에서 주위를 살폈다.

 마차가 출발했다.

 여전히 사위는 어두웠고 밤이 깊은 가운데, 마차와 말들은 고개를 넘어 황궁으로 달려가기 시작했다.

 어디에선가 승냥이인지 늑대인지 모를 짐승이 우는 소리가 희미하게 들려왔다. 아무래도 피 냄새를 맡은 모양이었다.

 죽은 자들의 시신이 널브러져 있는 이곳은 아마 얼마 지나지 않아 그들의 잔칫상이 될 것이다.

(무림오적 55권에서 계속)